AF561530

LES FIANCÉS

DE MONTMORENCY

LES FIANCÉS
DE
MONTMORENCY

PAR

Madame SANYOU de ROUSSEL

Née GALLOT.

ŒUVRE POSTHUME.

TARBES

IMPRIMERIE LESCAMELA

1881

LES FIANCÉS

DE MONTMORENCY

I.

Le soleil était brillant et l'ombre délicieuse dans la vallée de Montmorency, tandis que, par une belle matinée de juillet, un groupe de cinq personnes s'y promenaient en parlant avec animation.

Un vieillard d'une soixantaine d'années, portant le costume d'un artisan aisé de la grande ville, donnait le bras avec une certaine solennité à une femme au visage doux et résigné, dont la mise grave, soignée, annonçait une personne de la classe commerçante qui s'est mise en frais de toilette pour quelque circonstance exceptionnelle.

Devant eux, bien en avant, gais et charmants comme l'aurore, couraient une fillette d'environ douze ans et un petit garçon de huit ans.

Puis marchaient, en se donnant aussi le bras, un jeune homme de vingt-trois ans à peine, à la taille mince, élancée, aux traits délicats, à l'abondante chevelure, et une jeune fille de vingt ans, admirablement belle, avec de grands yeux noirs, énergiques et doux, un profil antique, l'air grave et recueilli dans sa joie.

Le jeune homme s'appelait Sylvain Estenal et la jeune fille Clotilde Varlis. Ils étaient fiancés de la veille, et, pour jouir davantage de leur bonheur, ils étaient venus, lui avec sa mère, elle avec son père, se rejoindre dans la belle vallée si aimée des Parisiens, qui était leur vallée natale.

L'excursion avait aussi un autre but ; ils devaient y rencontrer une ancienne amie et protectrice de la famille Estenal, marraine de Sylvain, Mme de Bernstock, qui s'était retirée à Montmorency, après une existence semée de nombreuses épreuves, dans une situation plus que gênée. Son mari, qui l'avait rendue fort malheureuse, l'ayant complètement ruinée, elle ne vivait plus que d'une petite rente faite par un cousin éloigné.

— Oui, disait M. Varlis à sa compagne, oui, madame Estenal, notre bonheur à tous est assuré maintenant.

— Ah ! qu'est-ce qui est assuré en ce monde ? répondit-elle avec un soupir contenu.

— Et que voulez-vous de plus? Nos chers enfants sont fiancés; dans peu de semaines, ils seront unis; nous ne ferons plus qu'une seule famille, et très à l'aise, avec une bien jolie fortune pour notre position, je peux le dire, en joignant ce que je donne à ma fille à ce que votre mari promet à son fils, surtout à ce qu'il fait entrevoir pour plus tard. Ah! vraiment, nous n'avons pas à nous plaindre du sort.

— Je ne me plains jamais du sort, monsieur Varlis, dit avec douceur Mme Estenal; j'accepte tout de la main de mon Père céleste. En ce moment, je jouis avec reconnaissance du bonheur qui m'est offert; mais, voyez-vous, comme je vous le disais à l'instant, je me suis habituée à ne compter sur rien en ce monde, parce que rien n'y est assuré. Mon bonheur véritable est placé plus haut, Dieu en soit béni, là où nul ne peut l'ébranler.

— Je conçois, madame, que vous soyez inclinée à la mélancolie par tous les malheurs qui vous sont arrivés; la perte de deux enfants au-dessus de quinze ans et les mauvaises chances qu'avait eues M. Estenal ont dû imprimer une profonde tristesse dans votre existence; mais que voulez-vous? il faut bien se faire une raison. Vous ne pouvez pas toujours pleurer vos enfants, et quant à la position pécuniaire de votre mari, elle ne laisse plus rien à désirer. Son commerce a pris une extension étonnante depuis quelque temps ; on ne sait où ça s'arrêtera ; il a une chance, une chance incroyable, dans des spéculations où d'autres seraient engouffrés. Oui, vous pouvez dire, madame, que vous êtes grandement dédommagée du passé.

Et tandis que l'excellente femme comprimait un soupir, M. Varlis fut interrompu par la voix fraîche de Clotilde, qui, se retournant radieuse, demandait à Mme Estenal :

— A quelle heure, bonne mére (elle aimait à l'appeler à l'avance de ce doux nom, n'ayant jamais connu sa mère), à quelle heure Mme de Bernstock pourra-t-elle nous recevoir ?

— Les grandes gens reçoivent tard. Nous ne pourrons nous présenter chez elle qu'à deux heures au plus tôt.

— Nous pouvons donc nous promener longtemps et déjeuner tranquillement sous les bois, dit gaiement Clotilde, car il n'est pas encore neuf heures. Il me tarde de connaître Mme de Bernstock dont vous m'avez tant parlé, bonne mère. Elle, votre sœur de lait ; elle, la marraine de mon Sylvain.

Elle dit ces derniers mots avec une expression de tendresse infinie, en caressant de ses deux petites mains roses la main amaigrie de Mme Estenal.

Et tandis qu'on arrangeait le repas sur l'herbe et que l'on commençait à y faire honneur, la bonne dame dit :

— J'ai connu Mme de Bernstock dans une position magnifique. Son mari avait de grands domaines en Autriche, et elle possédait une terre superbe à quinze lieues de Paris. Quel château ! Quel parc ! Quels équipages ! C'était princier. Du reste, M. de Bernstock était bien d'une famille princière ; une de ses sœurs avait épousé un boyard, un prince russe enfin. Il vint en France fort jeune, attaché d'ambassade, et rencontra dans les soirées Mlle Gisèle de Telnac, fille d'une riche famille protestante du Midi. Ses parents la forcèrent à épouser M. de Bernstock ; ils étaient éblouis de ce mariage inespéré. Mais Mlle Gisèle pleurait. Elle aimait un de ses cousins qui était pasteur et n'avait guère de fortune ; elle ne cessait de dire qu'elle en avait bien pour deux ; elle supplia ses parents ; tout fut inutile. On lui fit épouser le comte de Bernstock, qui avait l'air de l'aimer passionnément. Mais avec des gens semblables, ça ne dure pas longtemps. Elle ne tarda pas à s'apercevoir que ses pressentiments ne la trompaient point. M. de Bernstock lança sa jeune femme dans le tourbillon des fêtes du plus haut monde, et reprit sa vie extravagante, coupable, d'autrefois. Il y avait des réceptions magnifiques au château, des chasses, des bals, des comédies, cela ne finissait pas. Mme de Bernstock ne se laissait point séduire par ce train de vie si brillant. Elle n'aimait pas le monde. Ce tourbillon d'indifférents l'affligeait; elle avait rêvé autrefois une vie toute consacrée à Dieu, s'écoulant dans la retraite, au milieu de tendres affections.

Et puis, elle voyait l'argent s'en aller. M. de Bernstock était joueur, il faisait courir. On vendait une à une les terres en Autriche, afin qu'il n'y parût rien, qu'on n'en sût rien dans la société parisienne.

Pour chercher à sauver la situation, le comte de Bernstock se mit à jouer à la hausse; d'abord, il eut quelques chances heureuses; encouragé, il risqua davantage, et un jour il perdit tout, absolument tout, et la ruine fut ainsi consommée. Il tomba dans une maladie de langueur qui dura bien des années, pendant lesquelles son admirable femme épuisa les dernières ressources qu'elle avait pu sauver du désastre, vendant à bien bas prix de superbes bijoux. Elle devait suffire aussi à l'éducation de trois fils au collége. Mais, peu après la mort de son mari, ses deux fils aînés périrent dans une partie sur l'eau; le canot chavira; quand on put les retirer, l'un était mort, l'autre respirait encore, mais ne survécut que quelques instants. Son plus jeune fils lui fut enlevé à l'âge de quatorze ans par une fièvre typhoïde. Elle est donc restée veuve, sans enfants et sans aucune fortune. D'autres seraient devenues folles; mais c'est une femme qui vit plus au ciel que sur la terre. Elle puise sa force dans l'amour de son Dieu-Sauveur, et trouve le moyen de faire encore beaucoup de bien. Elle a été mon guide, ma lumière dans ce monde, et souvent ma consolation, ajouta en baissant la voix Mme Estenal, comme pour ne pas attrister, même par le souvenir des malheurs passés, l'heure présente si radieuse. A l'école de Gisèle de Bernstock, elle avait appris à s'oublier, à s'effacer.

— Voilà ce que je ne puis comprendre, dit Clotilde avec une certaine impétuosité. Vivre après de tels malheurs, c'est impossible! Elle ne devait pas aimer les siens comme j'aime ceux que j'aime, dit-elle avec exaltation.

Au même moment, une très belle voiture armoriée, arrivant au grand trot, fit précipitamment lever et se ranger au bord du chemin les fiancés et leurs parents.

Deux dames étaient assises dans le fond de la calèche. L'une d'elles, en les apercevant, tira vivement le cordon du cocher, qui arrêta les chevaux, tandis que, d'une voix affectueuse, se penchant vers notre petit groupe, elle s'écria : — Quoi ! c'est vous, mes chers amis. Déjà dans la forêt ?

Et tandis que tous s'inclinaient respectueusement en la saluant, elle se tourna vers sa compagne en lui disant : — Ma chère amie, je ne suis plus qu'à quelques pas de ma demeure ; fais-moi descendre ici, et permets-moi de te quitter plus tôt que je ne le pensais ; car, ajouta-t-elle avec un sourire bienveillant en regardant Clotilde, il me tarde de connaître de plus près la charmante fiancée de mon cher filleul et petit ami, Sylvain.

Puis, serrant affectueusement la main de sa compagne qui lui exprimait ses regrets, la comtesse de Bernstock lui dit à demi-voix :

— Puisque tu dois partir, je retournerai seule visiter ce pauvre vieillard, et, s'il a besoin de quelque nouveau secours, je t'en préviendrai, je te le promets.

— Et la pauvre femme et son nouveau-né, qui demeure si loin, pourras-tu y aller ?

— Certainement.

— A dimanche donc, si Dieu le permet, amie.

Et ces deux femmes bienfaisantes, qui venaient de passer leur matinée à visiter des indigents, se dirent cordialement adieu.

La comtesse de Bernstock descendit lentement de la calèche, qui partit au galop de magnifiques chevaux, tandis qu'elle embrassait en véritable sœur de lait Mme Estenal, saluait avec affabilité M. Varlis et tendait ses deux mains à Sylvain et à Clotilde, en leur disant affectueusement :

— Chers enfants, qu'il m'est doux de vous voir !

Et comme les jeunes gens émus balbutiaient quelques mots de reconnaissance, elle leur dit avec un regard profond :

— Croyez bien que vous avez en moi une véritable amie.

— Oh ! madame, nous le savons, nous le croyons de toute notre âme ! s'écria Sylvain.

— Et moi, je vous aimais déjà sans vous connaître, madame, dit timidement Clotilde, et elle ajouta avec un accent profond :

— N'avez-vous pas été le soutien, le guide de mon fiancé et de sa mère ? Tout ce qui les touche m'émeut plus que si cela me touchait moi-même.

— Je le comprends, dit Mme de Bernstock ; on vit dans ce qu'on aime ; c'est le secret de tant d'oublis de soi qui étonnent ceux qui ne savent pas ce que c'est qu'aimer. C'est le secret de tant de vies consacrées à Celui qui, par amour, alla jusqu'à mourir pour nous sauver, consécrations qui surprennent, irritent ceux qui n'aiment que ce qui est visible.

Clotilde regardait Mme de Bernstock avec un mélange de sympathie et d'étonnement ; car si ses premières paroles l'avaient charmée, répondant aux élans de son cœur tendre et enthousiaste, elle ne comprenait pas les dernières.

Mais Sylvain lui dit aussitôt :

— Oh ! chère madame, que j'aime à vous entendre parler ainsi ! Cela me rappelle les leçons que vous aviez la bonté de me donner autrefois, quand j'étais petit. Ah ! que n'ont-elles continué toujours, ajouta-t-il avec un soupir et un regard attristé. Que de temps passé loin de vous et loin de ma mère ! Deux années !

— Elles m'étaient bien douces aussi, ces leçons, cher Sylvain, dit Mme de Bernstock, tandis que sa voix devenait tremblante et que ses yeux se remplissaient de larmes. Et, faisant quelques pas comme pour surmonter son émotion, elle entra dans une allée, suivie des deux jeunes gens, très émus aussi, et, tout en marchant, elle reprit :

— Oui, Sylvain, toi qui partageais ces leçons avec mon fils chéri, toi qu'il aimait tant, toi qui portes son nom et qui me le rappelais plus tard par bien des expressions, bien des grâces d'enfant, tu m'offrais une consolation en me parlant de lui.

— Pauvre M. Sylvain, je l'aimais tant! dit le jeune Estenal avec tristesse. Il aurait à présent vingt-quatre ans, car il n'avait qu'un an de plus que moi, et je viens de finir mes vingt-trois ans.

On continua de marcher quelque temps en silence; puis Mme de Bernstock surmontant sa souffrance et s'efforçant de rendre sa voix calme, dit à Sylvain :

— Maintenant que te voilà de retour à Paris, à quoi penses-tu t'occuper? Et elle ajouta avec hésitation : Aurais-tu l'idée de travailler avec ton père, de t'associer à ses affaires?

Sylvain répondit avec vivacité, sans même s'en rendre compte :

— Oh! non, madame. J'ai cherché et trouvé un emploi très convenable dans une grande maison de commerce, un emploi régulier, à tant par an; cela me va mieux que les spéculations, pour lesquelles je n'ai aucune aptitude. Il est vrai, ajouta-t-il en rougissant, que je gagne peu ainsi; je gagnerais peut-être plus en me lançant dans des affaires à gros bénéfices; mais j'aime mieux le certain modeste que l'incertain brillant.

— Tu as mille fois raison, Sylvain.

Le jeune homme poursuivit en s'animant :

— Toutefois, madame, je dois vous le dire, il faut que ma chère fiancée ait pour moi une affection bien vraie, bien dévouée, car sa position et la mienne sont fort différentes.

— Est-il utile de parler de cela, monsieur Sylvain? dit Clotilde, avec un signe de la main qui voulait dire : — Ne continuez pas.

— Si, je continuerai, dit avec chaleur et en souriant le jeune Estenal; si, je dirai à Mme de Bernstock, puisqu'elle est notre amie, tout ce que vous avez souffert, tout ce que vous avez sacrifié pour moi. Oui, madame, le père de Mlle Clotilde a gagné une véritable fortune pour des gens de notre classe, dans un atelier de serrurier-mécanicien. Sa fille a été recherchée par des partis riches, brillants même; elle les a tous refusés par pitié pour moi.

— Par pitié! Oh! ne dites jamais ce mot-là! s'écria Clotilde.

— Oui, oui, c'est surtout parce que vous m'avez vu souffrir que vous vous êtes intéressée à moi, que vous avez résisté à la volonté de votre père depuis trois longues années.

— Et moi, répartit Clotilde, je dirai aussi ce qui m'a été révélé, c'est que vous avez éludé pour moi les propositions d'un mariage avec une demoiselle de trés bonne famille, à Strasbourg.

— Qui vous a donc dit cela?

Clotilde se mit à chanter la chanson enfantine si connue : *Un petit papillon voltigeant sur ma tête.*

— Mais qui donc? — Quelqu'un qui était bien renseigné, à ce qu'il paraît. — Eh bien! oui, c'est vrai, et cela ne doit point vous étonner, madame.

— Non, mais me toucher. Vous avez montré l'un et l'autre une égale fidélité. Enfin, mademoiselle, vous avez fini par triompher de tous les obstacles.

— Oh! triompher, dit avec amertume Clotilde Varlis, moi, triompher! non, madame. Mon père n'a consenti à notre mariage que depuis qu'il voit les affaires de M. Estenal prospérer d'une façon étonnante. C'est donc le succès d'un spéculateur qui a triomphé et non moi. Il y a environ huit jours, une première ouverture fut faite par un ami auprès de mon pére; puis M. Estenal, avec l'assurance que donnent la réussite, la fortune, est venu me demander pour son fils. Mon père d'abord a fait des réponses vagues, négatives même, a parlé d'autres projets d'union; mais à la fin, il a été ébloui, quand

M. Estenal lui a montré ce qu'il avait dans son portefeuille et qu'il donnerait à son fils le jour du contrat; puis, surtout, il a été enthousiasmé quand le père de Sylvain lui a fait entrevoir l'extension que prennent ses affaires. Enfin, jugez de notre joie lorsqu'hier ils sont venus solennellement nous annoncer qu'ils étaient tombés d'accord sur tous les points, et que le mariage aura lieu dans six semaines. Mon père était même si charmé qu'il ajouta : — Comme gage de notre entente complète, je m'associe à une spéculation vraiment ingénieuse, admirable, sortie du cerveau si fécond de M. Estenal, et j'y prends une part de dix mille francs. — Qui vous en rapporteront quarante, a dit en riant M. Estenal.

— Tout cela me séduit peu, infiniment peu, dit Sylvain tristement, en hochant la tête. J'éprouve même beaucoup de chagrin de voir nos deux pères se lancer ensemble dans des affaires d'argent. Cela nuit si souvent à l'amitié !

Le visage de Clotilde prit une expression douloureuse en regardant Sylvain; mais aussitôt elle dit avec exaltation :

— Qu'importe tout ce qui peut arriver? Mariés ou non, ne sommes-nous pas unis à jamais par l'affection la plus noble, la plus sainte, la plus céleste? Rien, non, rien ne la brisera. N'avons-nous pas déjà souffert, lutté, résisté à tout?

Son œil brillait d'un feu sombre à travers ses larmes. Mme de Bernstock la regardait avec quelque inquiétude, lorsque Sylvain à son tour s'écria :

— Non, rien ne pourra nous séparer! A la vie! à la mort!

— Ah! dit Clotilde, s'animant de plus en plus, n'est-ce pas? Nous nous le sommes dit et juré bien des fois. Si nous voyions le malheur s'abattre complètement sur nous et notre mariage devenir impossible, nous n'hésiterions pas. Nous ferions ce qu'on doit faire alors, plutôt que de supporter lâchement des souffrances qui éteignent les cœurs. Oui, nous suivrions le noble exemple que nous donnent les héros et les héroïnes de tous les temps et de tous les pays, l'exemple qui nous est offert dans tous les beaux romans, dans toutes les belles pièces de théâtre. Edgar, Léonor, Norma, Djalma, Adrienne, René, Fernand, tous, oui, tous ont préféré s'élancer dans la mort pour se retrouver dans des sphères plus heureuses. Ah! déjà nous avons chanté bien souvent ces vers, que j'aime tant, de la pauvre Lucy :

Que n'avons-nous des ailes?
Alors portés par elles
Loin des routes mortelles
Vers les étoiles d'or,
Nos deux esprits fidèles
Uniraient leur essor.
Quand la haine barbare
Ici-bas nous sépare,
Levons les yeux. Un phare
Brille au port éternel.
Ceux qu'ici l'on sépare
Sont unis dans le Ciel.

Mme de Bernstock avait écouté Clotilde avec stupéfaction et terreur. Elle était pâle, toute tremblante, quand la jeune fille s'arrêtant enfin, elle saisit sa main en lui répétant ces derniers mots :

... Unis dans le Ciel.

On n'est uni dans le Ciel qu'après avoir été unis sur la terre en Jésus-Christ. Et Jésus-Christ nous ordonne, mon enfant, de souffrir et de vivre, de vivre et de souffrir, ce qui pour quelques-uns est devenu synonyme, jusqu'à ce qu'Il nous appelle à sortir de ce monde.

— Je ne puis admettre cela, dit Clotilde avec une voix rude, saccadée, tandis que Sylvain, au comble de l'émotion, disait à demi-voix :

— Cela doit être difficile à réaliser.

— Oui, si nous sommes seuls. Non, si nous puisons notre force en Dieu, dit avec fermeté Mme de Bernstock. Voyons, Clotilde, mon enfant, regardez-moi ! N'ai-je pas tout perdu ? tout, oui, tout ? Et cependant, j'ai obéi, je me suis résignée à vivre, parce que je préfère mon Dieu à tout, même à ma volonté, même à ceux que j'ai perdus. J'ai tout accepté dans la souffrance que j'ai en horreur comme tout être, et cela au plus haut point. Oui, ceux qui ont souffert peuvent seuls me comprendre. Quand j'ai vu mourir mon dernier enfant, oh ! alors j'ai supplié le Seigneur comme le prophète Jonas, qu'il prît ma vie. Cette mort tout en vivant, dans laquelle j'étais entrée bien jeune, depuis la mort de mes deux fils aînés, me faisait frissonner. Seule, seule, non, je ne voulais plus vivre. Je voulais m'élancer dans le monde invisible à la suite de mon dernier trésor. J'implorais de Dieu une de ces maladies qui tuent vite. Oh ! que n'ai-je des ailes, m'écriais-je souvent. Mais jamais, non jamais je n'eus à lutter contre la tentation de briser *moi-même* le fil de mon existence. Une voix tendre et puissante s'éleva dans mon âme, me disant : « Moi, ton Dieu, ton Sauveur, moi, je te reste à jamais. Encore quelques années d'exil sur cette terre, et tu me verras, et tu retrouveras tes bien-aimés, pour ne plus en être séparée. Songe seulement à consacrer au bien les années que tu as encore à passer ici-bas. »

Sylvain était devenu rêveur et regardait Clotilde. Celle-ci semblait n'écouter que par politesse et déférence les paroles de Mme de Bernstock, quand tout-à-coup un enfant, son cousin, arriva en lui présentant un charmant petit oiseau mort, qu'il venait de trouver dans un fourré. Le pauvret avait une aile cassée, et sa jolie petite tête tombait tristement à droite et à gauche. Tout le monde poussa un cri douloureux et Clotilde murmura presque à demi-voix :

— Quel mystére que la mort pour les animaux !

Pour nous, humains, il y a lumière.

— Il n'y a de lumiére qu'en Dieu, lui dit avec un regard profond Mme de Bernstock.

Sylvain n'entendit pas ces dernières paroles. S'approchant de l'enfant, il avait pris l'oiseau et le regardait en silence avec tristesse.

On arrivait alors au joli village de Montmorency. Mme de Bernstock dit à ses amis de la laisser les précéder d'un quart d'heure chez elle, et, comme elle s'éloignait, Clotilde disait à Sylvain :

— Cette dame est très-bonne ; mais elle dit une foule de choses incompréhensibles et mystiques. Je m'étonne qu'elle ne se soit pas faite religieuse.

— Vous oubliez, Clotilde, que dans notre religion, qui sera bientôt la vôtre, ajouta-t-il en souriant, on ne se met pas dans un couvent pour servir Dieu. On pense qu'on peut se consacrer à lui aussi bien, en restant dans la situation où l'on est. D'ailleurs, nous avons bien des diaconesses, qui, sans prononcer de vœux, ont une maison-mère où elles apprennent à soigner les malades, à élever les enfants.

— Ah ! c'est vrai, vous m'avez montré cette maison un jour que nous passions dans le faubourg St-Antoine.

— Dans cette maison ou ailleurs, reprit Sylvain, c'est pourtant beau, Clotilde, de servir Dieu.

— Oui, assurément, dit sèchement la jeune fille, mais je ne comprends rien à ces choses.

Et elle se mit à chantonner :

Idole si douce et si chère,
O toi ! qui vois tous mes combats,
O toi ! mon seul bien sur la terre,
Viens, viens, oh ! viens, guide mes pas !

Sylvain soupira et regarda Clotilde avec un mélange d'affection et de tristesse.

Mais la grosse voix réjouie du père Varlis vint couper court à ses préoccupations.

— Eh bien ! disait-il à sa fille, j'espère que vous avez causé longtemps avec cette comtesse. Elle n'a pas l'air fière et paraît vraiment vous aimer. Vous lui avez demandé, n'est-ce pas, enfants, de nous faire l'honneur d'assister à votre mariage ?

— Nous n'y avons pas songé !

— Et de quoi donc avez-vous parlé si longtemps ?

Ah ! sans doute, de tous les jolis costumes que je vais t'acheter. Hum ! une comtesse ! ça s'y entend.

— Non, mon père, je ne lui en ai pas dit un mot. C'eût été d'ailleurs trop sans gêne avec une dame de ce rang. Et puis, vous le savez, je pense peu à mes costumes. Une robe de toile bien blanche, une couronne de fleurs blanches aussi sur ma tête, voilà tout ce qu'il me faut, pourvu que je possède ce que j'aime.

— Allons ! allons ! te voilà toujours avec tes phrases de romans et de comédies. Ah ! je t'en ai bien trop laissé lire. Je n'ai jamais vu une tête comme la tienne. Voilà ce que c'est que les enfants qui n'ont point de mère. Ça fait ce que ça veut. Mlle Clotilde n'avait pas grand chose pour l'occuper à la maison, et pendant que je travaillais au dehors, elle ne faisait que lire, lire et toujours lire : journaux, volumes, brochures, pièces de théâtre, un tas ! J'en trouvais sur son piano, sur le canapé, sur les fauteuils, portant le nom de tous les grands romanciers, de tous les poëtes. Je lui disais bien quelquefois : « Petite, cela te fera éclater la tête. » Mais elle riait et me disait : « Père, c'est la vie. » Il y avait des jours où elle ne s'apercevait seulement pas que j'entrais. Je la trouvais les yeux brillants, toute rouge, le cou tendu, lisant, lisant. J'arrivais à pas de loup, je lui donnais un petit coup sur l'épaule ; il fallait voir quel saut elle faisait, entendre quel cri aigü elle jetait ! J'éclatais de rire, et pourtant je n'étais pas content au fond. Ce n'est pas tout. Continuellement, elle me demandait d'aller au théâtre avec une voisine. Le lendemain, elle était toute hors d'elle, en me racontant la pièce qu'elle avait vu jouer. Enfin, si sa pauvre mère eût vécu, les choses ne se fussent point passées ainsi ; elle l'eût fait travailler avec elle, ne lui eût jamais permis de sortir qu'avec elle ; mais que voulez-vous que fasse un pauvre homme seul comme moi ? Ah ! madame Estenal, je ne suis pas fâché qu'elle se marie, ne serait-ce que pour cela ; et, je vous en prie, vous qui êtes une femme raisonnable, surveillez-la bien, et jetez au feu tout ce tas de rapsodies qui tournent les têtes et portent souvent les enfants à désobéir à leurs parents et les femmes à leurs maris.

— Mon père ! mon père ! dit Clotilde irritée, heureusement que Mme Estenal me connaît ; sans cela, vous faites de moi un si joli portrait, que vraiment elle ne voudrait plus m'avoir pour fille.

En prononçant ces derniers mots, elle s'efforça de sourire. Mme Estenal essaya de sourire aussi ; mais Clotilde vit bien sur son visage une profonde préoccupation qui la troubla.

Sylvain arriva peu après avec l'enfant, et en quelques mots, d'une voix basse et saccadée, elle lui raconta ce que son père venait de dire à Mme Estenal.

— Si ces lectures ont formé votre cœur à tant d'amour, de dévouement, elles ne pouvaient être mauvaises, mais bienfaisantes, dit Sylvain avec tendresse.

Ces paroles effacèrent l'impression amère laissée dans l'esprit de Clotilde par la sortie si peu bien placée de son père.

Celui-ci se levait du banc où il était assis, tandis que Mme Estenal lui disait :

— Ah ! monsieur Varlis, le meilleur des livres est la Bible, la parole de Dieu, qui développe et forme les facultés aimantes du cœur sans exalter l'esprit; qui instruit, éclaire l'intelligence, tout en vivifiant l'âme.

— Je n'ai pourtant jamais lu ce livre dont vous me parlez tant, dit M. Varlis; il faudra que je l'achéte.

— Et nos enfants le recevront le jour de leur mariage, de la part de la Société biblique, de la main du Pasteur, au Temple, avec de bonnes paroles. Vous verrez, monsieur Varlis.

— Vraiment! Ah! ça, c'est joli, que le Pasteur, lui aussi, et l'Eglise fassent un cadeau aux mariés.

— Oui, on ne leur demande rien, et, bien au contraire, on leur remet un don sacré.

— Ah! ça me plaît, ça me plaît, par exemple, dit M. Varlis! ça, c'est bien. Du reste, ce n'est pas la seule chose qui me plaise chez vous.

Ainsi causant, ils avaient repris la marche, et, peu d'instants aprés, ils étaient introduits dans la demeure modeste de Mme de Bernstock. Les pièces en étaient toutes petites, mais ornées avec un goût exquis; on sentait que là étaient réunies les épaves d'un grand naufrage. Partout des portraits de seigneurs et de grandes dames, ruisselants de pierreries. Des objets curieux, des objets d'art, garnissaient les étagéres ; une bibliothéque contenant tous les classiques de France, d'Angleterre, d'Italie, d'Allemagne, et tous les livres dus aux plumes vénérées de Vinet, de Gaussen, de Monod, de Gasparin, de Pressensé, de Naville, et de tant d'autres auteurs aimés.

Une simple collation était disposée dans une toute petite salle à manger. Mme de Bernstock, avec son air de douce reine, sa grâce incomparable, invita le groupe parisien à y prendre part. Ils s'y refusérent d'abord, balbutiant quelques mots d'excuse ; mais elle les y contraignit, tandis que, s'asseyant sur un canapé, en face d'eux, elle les regardait avec affection.

On parla longtemps du mariage, bien entendu, et le pére Varlis, trés convenablement, pria trés humblement la vénérable comtesse de lui faire l'honneur d'y assister.

— Assurément, dit-elle les yeux pleins de larmes, j'irai au Temple prier pour ces chers enfants.

Et, faisant glisser d'un de ses doigts une bague de topaze ornée de quelques brillants, elle la passa au doigt de Clotilde, en lui disant :

— Ma chére enfant, vous, la fiancée de Sylvain, gardez cette bague en souvenir d'une amie qui sent qu'elle doit beaucoup prier pour vous.

Elle embrassa la jeune fille, qui, très émue, ne savait comment lui exprimer sa gratitude.

Le père Varlis bondit de joie et se confondit en expressions de reconnaissance, tandis que Mme Estenal et son fils regardaient en silence la comtesse de Bernstock et semblaient lui dire : « Encore cette preuve d'affection. Rien ne doit nous étonner de vous. »

Puis Mme de Bernstock ouvrit sa bibliothèque, y prit un petit livre violet, doré sur tranches, et le donnant à Clotilde :

— Voilà l'Evangile, le plus grand trésor, lui dit-elle ; lisez-le, mon enfant, lisez-le.

Clotilde s'inclina en silence et murmura quelques remercîments. Mais ses regards se concentraient sur la bague de fiançailles ; ce n'était pas pour sa beauté, mais parce qu'elle lui semblait un nouveau lien entre elle et son fiancé, un avant-coureur de l'anneau nuptial.

L'heure avançait, et bientôt les Varlis et les Estenal prirent congé de Mme de Bernstock pour retourner à Paris.

Comme ils passaient dans l'antichambre, la comtesse saisit la main de sa sœur de lait, et l'entraînant au fond du salon :

— Chère Elisa, lui dit-elle, un mot d'amie, un seul. Ta future belle-fille est charmante ; elle est pleine de cœur, d'élan, de dévouement, mais elle est bien exaltée. Veille sur elle !

— Ah ! madame, vous ne m'apprenez rien. C'est pour moi un sujet d'anxiété plus douloureux que je ne puis le dire. Je crains encore quelque malheur par ce mariage, qui paraît si heureux pour mon fils. Sylvain ne voit, ne pense, n'existe que par elle ; elle est son inspiratrice en tout ; elle est pour lui comme une divinité. Parfois, je le vois subjugué et s'en effrayant lui-même. Et moi, moi, je suis dans l'angoisse, car je me dis souvent : Si le malheur venait fondre comme pour Mme de Bernstock et moi, sur ces pauvres chers enfants, si enivrés de bonheur, le cœur tout aux choses de la terre, ne possédant ni foi, ni espérance céleste, qu'arriverait-il ?

Elle sortit sur ces mots, en saluant la comtesse avec un tendre et profond respect.

II.

Trois semaines après cette journée passée à Montmorency par les fiancés, un matin, tandis que Mme de Bernstock, venant d'achever sa toilette et de s'asseoir dans son grand fauteuil, ouvrait sa Bible pour ses premières lectures, on lui remit plusieurs lettres ; l'une était de cette amie que nous avons vue avec elle dans la voiture et qui s'informait de leurs malades et de leurs pauvres. Puis deux lettres étaient d'écritures inconnues ; elle en ouvrit une, qui contenait ces lignes, écrites par la main tremblante d'un vieillard :

« Madame la Comtesse,

» Je viens vous apprendre un grand malheur, qui met à néant tous les projets de mariage entre ma fille et votre filleul. Le père Estenal, ce coquin fieffé (je puis bien l'appeler ainsi), vient de s'enfuir, emportant des valeurs considérables, parmi lesquelles se trouvent les dix mille francs que j'ai eu la folie de lui avancer pour l'entreprise que nous devions mener à nous deux, et qui n'avait aucune solidité. Il était parti de chez lui sous un prétexte ; sa pauvre femme et son fils ignoraient tout, quand ils ont vu entrer chez eux les hommes de la justice. On voulait se saisir de Sylvain, le croyant associé avec son père ; mais il a pu prouver immédiatement le contraire, et alors on lui a rendu la liberté.

» Ensuite, on est venu chez moi, et, sans être compromis, j'ai eu toute sorte de désagréments. Vous voyez, madame, où ma bonté de cœur m'a conduit. Mais heureux, bien heureux suis-je que tout cela soit arrivé trois semaines avant que ce misérable mariage n'ait été célébré. J'en serais mort de chagrin, tandis qu'au contraire, après quelques jours de pleurs, la petite se consolera, il faut bien l'espérer, et je pourrai accepter pour elle un parti brillant qui s'est présenté la semaine dernière, ignorant qu'elle fût fiancée. C'est un homme veuf avec une fille toute élevée et qui possède une réelle fortune. Son prédécesseur, dans l'usine qu'il dirige, s'est retiré avec son million, et lui n'est pas loin de l'avoir. Un pressentiment, il faut le croire, m'a empêché de dire : non. J'ai fait une réponse évasive, et maintenant je vais renouer l'affaire.

» Quant au pauvre Sylvain, il n'a plus qu'un parti à prendre, c'est de s'enfuir en Amérique et d'aller y cacher la honte attachée à son nom à tout jamais. C'est fâcheux, car il est personnellement un brave garçon; mais peut-on savoir ce que sera plus tard le fils d'un tel père? Sa pauvre mère est bien douce et bien à plaindre; elle aura grand besoin de vos consolations.

» La petite a été au désespoir; c'était effrayant; une tête comme la sienne! surtout lorsque Sylvain est venu éperdu pour lui faire ses derniers adieux, disait-il, et que moi, en père de famille qui se respecte, je lui ai interdit ma porte. Alors, Clotilde a poussé un cri terrible; puis elle a saisi sa main, et tout-à-coup, devenue très calme, elle lui a dit :

» — Consolez-vous, Sylvain, nous allons être heureux !

» Il l'a regardée avec stupeur, et moi, voyant que le chagrin dérangeait les idées de ma pauvre fille, j'ai pris Sylvain par la main, doucement, et je lui ai dit qu'il n'avait qu'à partir de chez moi et de France, au plus vite.

» J'ai fermé ma porte et la petite est montée dans sa chambre, sans pleurs ni sanglots, ce qui me fait espérer qu'elle se fait une raison. Et moi, madame, je profite du calme après ces tristes scènes pour vous faire part de ces fâcheux événements.

» Agréez, madame la Comtesse, l'expression de mon profond respect.

» Votre très humble serviteur,

» Eugène Varlis. »

« P. S. — Ma fille tiendra à la disposition de madame la Comtesse la bague que celle-ci avait bien voulu lui donner, comme fiancée de son filleul.

« Paris, août 186.... »

Madame de Bernstock restait atterrée après la lecture de cette lettre, si atterrée qu'elle oubliait qu'une lettre encore lui restait à lire ; elle se levait pour sonner et demander un coupé qui la conduisît en toute hâte à la gare, avant le départ du train de Paris, lorsqu'elle vit une lettre non décachetée ; elle regarda l'adresse, et le cœur lui devint froid en croyant reconnaître l'écriture de Sylvain.

Elle déchira l'enveloppe et lut ceci :

« Madame,

» J'ai tout perdu : honneur, fortune, heureux avenir ; tout perdu, sauf le cœur de la femme admirable qui m'a voué un amour sans borne.

» Je suis ainsi encore riche et heureux, mais pour un autre monde. En celui-ci, je ne puis plus vivre. Moi, probe et honnête, je suis déshonoré ; je vais donc quitter ce monde au plus vite pour aller jouir ailleurs de ce que la terre me refuse. C'est Clotilde qui m'y invite ; elle, jeune, riche, belle, aimée, honorée de tous ; c'est elle qui m'écrit :

« Mourons à la même heure, et nos deux « âmes sœurs, si longtemps captives et

« souffrantes, vont prendre leur essor vers « les régions éthérées. Ensemble, elles plane- « ront au-dessus de ce Paris cruel et maudit « et monteront plus haut que toute pensée. « Je craignais déjà la vie quand j'étais heu- « reuse ; à présent, je ne veux plus vivre « sur une terre où il est possible qu'un ange « comme Sylvain soit déshonoré ! Cette nuit, « ami, quand minuit sonnera à Ste-Clotilde, « chargez votre pistolet, tandis que moi, « j'allumerai mes fourneaux. Ne visez pas à « votre visage, qu'au moins il reste intact. « Visez au cœur. Courage ! Allons au plus « vite vers le bonheur ! »

« Adieu donc, madame. Plaignez-nous, car nous sommes bien jeunes, bien purs, bien bons pourtant. S'il n'y avait dans le monde que Dieu et des gens comme vous, nous ne nous tuerions pas ; car vous, vous ne confondriez pas l'innocent avec le coupable.

» Venez consoler, soutenir ma pauvre mère. Si j'eusse été seul avec elle au jour d'un pareil malheur, j'aurais vécu pour elle. J'aurais passé en Amérique, et, sous un nom supposé, j'eusse gagné ma vie et la sienne. Mais Clotilde me trace la voie lumineuse ; elle, qui possède tout en ce monde, elle va tout quitter. Ensemble, nous serons bien heureux, et j'espère que ma pauvre mère ne tardera pas à nous suivre, ne pouvant résister à tant de chagrins. Il ne faut pas que je pense à elle et à ce que vous m'avez dit quelquefois, car je me sentirais faiblir dans ma résolution, et je dois mourir. Demain, lorsque vous lirez cette lettre sous les ombrages de Montmorency,

» Je serai l'heureux

» SYLVAIN. »

Mme de Bernstock, pâle, défaillante, s'appuyait à la cheminée pour ne pas fléchir, lorsque la femme de service vint lui annoncer que le coupé était devant la porte.

— Je vais aller avec madame. Madame se trouve mal ! s'écria cette fille.

— Non, non, dit d'une voix faible Mme de Bernstock, mais je reçois d'affreuses nouvelles. Que le cocher aille vite, et ce sera trop tard peut-être.

— Qu'y a-t-il donc ? demanda la femme de chambre avec angoisse, tandis que, soutenant Mme de Bernstock, elle lui mettait châle, chapeau, et prenait son sac de voyage.

Elles descendirent l'escalier en silence.

— Vite à la gare ! cria la servante. Et elle s'assit auprès de la comtesse presqu'évanouie, s'efforçant de la ranimer.

III.

Deux heures après, Mme de Bernstock gravissait, haletante, les trois étages d'une maison de jolie apparence ; elle était introduite par des gens à la figure consternée dans une chambre où, à la clarté douteuse qui filtrait à travers les jalousies fermées, elle distingua, étendu sur un lit maculé de sang, un beau jeune homme à l'abondante chevelure blonde, qui gisait là, pâle, sans mouvement.

A genoux, au pied du lit, la tête enfouie dans les draps et les couvertures, une femme en deuil, immobile comme la statue de la douleur.

Mme de Bernstock s'approcha doucement, et, mettant sa main sur son épaule, elle lui dit :

— Elisa !

A cette voix, l'infortunée se redressa tout d'une pièce comme mue par un ressort ; une larme jaillit de ses yeux, jusqu'alors sans larmes.

— Tout m'est ravi ! dit-elle d'une voix sourde, tout ! tout !

Mme de Bernstock l'entraînant loin du lit :

— Que disent les médecins ? demanda-t-elle.

— Qu'il n'y a pas d'espoir !

— Il en reste toujours, chère amie, quand le souffle est dans la poitrine et que l'on est aussi jeune que Sylvain.

— Oh ! si je pouvais espérer ! murmura la pauvre mère. Mais pourquoi me cramponner à une branche qui va elle aussi se briser dans ma main ? — Comment avez-vous su tous mes malheurs ?

— Une lettre de ce cher Sylvain. Et Clotilde, qu'en est-il ?

— Mourante aussi, la malheureuse enfant. Son père a été si dur que cela a achevé de l'exalter. Ah ! je vous le disais bien : je craignais en la voyant sans piété, sans foi, s'avancer dans la vie. Je ne craignais pas encore assez.

J'étais retirée dans ma chambre. Je m'étais couchée ; mais, comme vous le pensez bien, après cette ignominieuse journée, je ne dormais pas, quand j'ai entendu ce coup de pistolet ; il m'a semblé que je le recevais dans le cœur. J'ai tout deviné. Oh ! que ne suis je restée avec mon fils ! Mais il avait l'air calme ; il m'a dit qu'il allait écrire ; c'était bien vrai ; il vous écrivait. Et puis, minuit a sonné à Ste-Clotilde. Je me suis senti le cœur froid ; je ne savais pourquoi. Tout-à-coup l'affreuse détonation s'est fait entendre....

J'ai trouvé mon fils, baignant dans son sang, la poitrine ouverte, murmurant : « Pardonne-moi, ma mère. Seigneur, mon Dieu, pardonne-moi aussi. » Il s'est évanoui et n'a pas repris connaissance. Le médecin dit qu'il a une balle dans le poumon ; il n'espère pas qu'on puisse l'en extraire.....

Peu après, Mme de Bernstock sortait de l'appartement de Sylvain, et, dans l'escalier, des gens, les uns par intérêt, les autres par curiosité, lui disaient :

— Eh bien ! madame, ce pauvre jeune homme, comment est-il ?

— Mal, très-mal, mes amis.

— Voilà, disait un homme âgé, ce garçon-là avait trop de cœur pour vivre après une telle honte.

— C'est à fendre l'âme, disait une bonne grosse femme, en pleurant.

— Après tout, qui sait ? dit la voix aigre d'un petit bonhomme sec et jaune, qui montait l'escalier, les coupables se jugent. Malgré tout son air d'honnêteté, le jeune Estenal était peut-être lui aussi dans une mauvaise passe. On verra, on verra ; aux débats de l'affaire, ça s'éclaircira bien.

— Quelle indignité de soupçonner ce bon M. Sylvain ! dit la grosse femme, d'une voix courroucée. Sa mère et lui sont les victimes, les martyrs de ce coquin.

— Qui ont toujours bien profité et joui du fruit de ses coquineries, dit de l'étage supérieur le malin petit vieux.

— Tout de même, Mlle Varlis et son père ont un fameux bonheur, que tout ça se soit découvert avant le mariage, fit une grande femme à l'œil dur, et le jour était fixé. C'était pour le 25 août. Ça devait être le 24, mais M. Sylvain avait dit qu'il ne voulait pas se marier le jour anniversaire de la St-Barthélemy.

— Bast ! il y a si longtemps !

— Que voulez-vous ! c'était son idée à lui.

Et tandis que se croisaient ainsi des propos de toute sorte, comme on n'en entend qu'à Paris, dans ce milieu où il y a un incroyable mélange d'ignorance extrême et de quelque connaissance de certaines choses, Mme de Bernstock descendait lentement l'escalier de

Sylvain et se dirigeait vers la demeure de Clotilde, peu distante de celle qu'elle venait de quitter.

Il s'en était fallu de bien peu que la pauvre enfant ne succombât. Un voisin d'un étage supérieur, rentrant chez lui vers une heure du matin, sentit une si forte odeur de charbon, qu'il conçut des craintes. Ces sortes d'événements sont si fréquents à Paris, surtout dans la classe ouvrière et dans celle des artistes dramatiques! Il frappa plusieurs fois à la porte. Ne recevant aucune réponse, il alla réveiller le père Varlis qui, accourant, enfonça la porte. Il était grand temps, et de plus, le feu venait de se communiquer aux rideaux du lit.

Mme de Bernstock trouva la jeune fille très mal ; le médecin craignait une congestion au cerveau. Le père était exaspéré.

Après une heure passée au chevet de la pauvre enfant, toujours privée de connaissance, Mme de Bernstock revint vers Sylvain. Le médecin était auprès de lui ; il avait repris ses sens et regarda sa marraine avec une expression indicible. Le médecin sortit. Mme de Bernstock le suivit.

— Docteur, votre opinion ?

— Peu, très peu d'espoir. La balle est logée de telle sorte que, si on l'extrait, il peut mourir dans une hémorrhagie ; si on la laisse, il ne pourra que languir et mourir aussi.

Mme de Bernstock ne savait comment rentrer dans la chambre du blessé ; il lui semblait qu'on allait lire dans ses yeux l'arrêt terrible du docteur. Mais Sylvain lui tendant la main :

— Prenez pitié de moi, dit-il. Oh ! parlez, suis-je maudit ?

— Regarde à Jésus crucifié, cher enfant, et ne t'agite pas, murmura-t-elle à son oreille. Et elle déposa un long baiser sur ce front si blanc et si pur, auquel des cheveux d'or faisaient une sorte d'auréole idéale. Puis elle s'assit à quelque distance et fit signe au malade de ne pas parler.

Mme Estenal regarda Mme de Bernstock, vit son visage altéré et s'assit en silence : Niobé chrétienne auprès du chevet de son dernier enfant !

Le lendemain, Mme de Bernstock, en entrant dans la chambre de Clotilde, la trouva assise sur son lit, l'œil brillant d'un feu sombre.

— Dites-moi si je vais mourir. Et Sylvain ? Je ne veux pas partir s'il ne part pars. Je m'ennuierais sans lui dans les régions éthérées. Que ferais-je là, toute seule, et lui resté sur terre !

— Clotilde, dit Mme de Bernstock et d'une voix dont l'accent malgré elle devint sévère, Clotilde ! quoi ! vous venez l'un et l'autre d'échapper à la mort que vous vouliez vous donner, en usurpant le droit qui n'appartient qu'à Dieu, et, au lieu de vous repentir et de crier grâce, voilà ce que vous avez à me dire ? Ah ! ma pauvre enfant, vous me faites frémir. Sylvain n'est point ainsi ; il me paraît repentant et craindre la justice de Dieu.

Et, sans fatiguer la malade, Mme de Bernstock s'efforça de faire sentir à Clotilde sa culpabilité en voulant se faire mourir et entraîner son fiancé dans la mort.

— Mes pauvres enfants, dit-elle, nul plus que moi n'a plaint votre malheur, n'en a compris l'insondable amertume. Mais quoi ! tout était-il donc perdu ? Sylvain pouvait partir, gagner honorablement sa vie dans des terres lointaines, et.... le temps faisant son œuvre, dans quelques années vous pouviez vous marier.

— Non, non ! Je n'aurais pas voulu porter ce nom d'Estenal, que je désirais tant il y a peu de jours.

— Eh bien ! Sylvain en eût pris un autre, et il restait Sylvain, lui, lui, et non son père.

— Oui, cela est vrai ; je n'y avais pas pensé ! Eh bien ! si nous guérissons, peut-être cela aura-t-il lieu. Mais non, je déteste cette terre, où mon bien-aimé a été ainsi humilié, où son front d'ange s'est courbé sous l'opprobre, sous les paroles de mon père. Ah ! mon père ! je ne le reverrai jamais ! C'est lui qui m'a tuée. S'il n'y avait que moi, je pardonnerais ; mais c'est lui qui a tué Sylvain ; aussi, c'est fini entre nous.

— Clotilde ! Clotilde ! dit Mme de Bernstock avec un regard très expressif ; mais elle n'ajouta rien. Elle sentait par ce tact ineffablement précieux, faute duquel on fait tant de mal, elle sentait qu'il y avait là un cœur trop ulcéré pour l'écraser de paroles, de préceptes, de menaces. Elle pria, ce qui était préférable à tout. Plusieurs fois par jour, elle allait trouver Clotilde, faible, malade, et cherchait avec douceur à l'amener au pied de la croix. Mais son cœur demeurait fermé.

Enfin, un jour, cette femme de foi, de charité, après avoir beaucoup prié, entra chez la jeune fille.

— Comment est Sylvain ? dit celle-ci d'une voix haletante, aussitôt qu'elle l'aperçut.

— Un peu mieux peut-être. Le docteur est plus satisfait. Mais son âme, sa chère âme, dit avec onction Mme de Bernstock, oh ! son âme renaît et prend vie aux doux rayons du soleil de justice. En proie à une vive angoisse pendant les jours et les nuits où je le veillais, disant qu'il était digne de l'enfer parce qu'il avait voulu porter atteinte à sa vie, oubliant son Dieu, ce cher enfant, passant outre au chagrin, disait commencer à espérer en la grâce de Jésus-Christ. Il comprend que ce bon sauveur a souffert, est mort, a versé son sang pour effacer ses iniquités.

— Ses iniquités ! à lui, Sylvain ! Ah ! madame, vous ne savez donc pas que c'est un ange ? Les iniquités de Sylvain !

Et elle eut une sorte d'éclat de rire.

— Eh bien ! lui, ne se trouve nullement un ange, dit avec gravité la comtesse de Bernstock ; il se sent un pauvre pécheur perdu, car il n'a pas aimé Dieu et ne l'a pas prié à temps.

— Ah ! regretterait-il de m'avoir préférée à tout ?

— Il vous aime toujours, Clotilde ; mais il sent que votre affection mutuelle était idolâtre, et il cherche à tout remettre dans l'ordre doux et harmonieux que l'Eternel Créateur demande.

— Ah ! je suis plus malheureuse que jamais, si je perds l'affection unique, absolue, de mon fiancé.

— Clotilde, de grâce, écoutez-moi. Sylvain frémit à cette heure en songeant que, tandis que follement vous alliez tous deux briser votre vie pour être réunis et heureux, le croyiez-vous, dans une autre vie, dans un Ciel créé par votre imagination, vous vous élanciez dans l'abîme insondable d'obscurité, de malheur, où tombent ceux qui ne marchent pas avec Dieu. Et Sylvain me dit souvent, ajoute Mme de Bernstock en s'animant, que si Dieu n'avait eu pitié de vous deux, vous alliez être séparés à toujours, malheureux à toujours !

— Séparés !

— Oui, il ne cesse de me répéter cela, et il murmure : quelle effroyable découverte ! O mon Dieu ! sois mille fois béni de me l'avoir fait faire en ce monde, puisque tu ne veux pas me rejeter ! Quoi ! s'écrie-t-il souvent, je me serais trouvé seul, à jamais séparé d'elle, et seul, rebellé contre Dieu, j'eusse paru devant Lui ! Oh ! sois apaisé envers moi, qui suis pécheur. Prends mon cœur, ma vie, je t'appartiens, ô mon Sauveur !

— Ainsi donc, le cœur de Sylvain n'est plus à moi ?

— Il est à Dieu, Clotilde, et par cela même votre fiancé ne vous a jamais plus et surtout mieux aimée. A chaque instant, il prie pour vous.

— Il m'accuse peut-être, me trouve bien coupable, sans doute, dit Clotilde avec amertume, moi qui pouvais être cause de sa mort.

— Vous accuser, Clotilde ! oh ! pas un mot de reproche, pas même l'ombre d'une pensée de reproche ; il vous chérit plus que jamais, croyez-le ; mais aujourd'hui, Sylvain est chrétien.

— Alors, c'est cela. Si je ne viens pas à partager toutes ses nouvelles idées, je serai séparée de lui éternellement. Lui sera dans la lumière et le bonheur, et moi je serai dans les ténèbres de dehors.

— Comme vous le dites, mon enfant, répondit Mme de Bernstock d'une voix ferme.

Clotilde s'écria tout-à-coup : — Pourvu qu'il soit heureux, qu'importe que je sois malheureuse !

Mme de Bernstock se sentit émue d'un amour si abnégatif ; elle reprit aussitôt avec tendresse :

— Chère fille, pourquoi seriez-vous malheureuse, quand Dieu veut être votre éternelle félicité ?

— Dieu doit être fatigué de m'appeler, indigné de ma froideur.

— Clotilde, dit Mme de Bernstock en lui prenant la main et la serrant tremblante, la preuve que Dieu vous aime encore, c'est que vous vivez à cette heure pour m'entendre répéter ces paroles de Jésus-Christ, comme dernier refuge des plus misérables pécheurs : « Je ne mettrai nullement dehors quiconque viendra à moi. »

— Vraiment, cela est écrit?

— Lisez-le vous-même, enfant chérie, dit Mme de Bernstock, et, cherchant dans le petit Nouveau-Testament donné à Montmorency, elle lui fit lire le verset 37 du VIe chapitre de l'évangile de St-Jean.

— Il doit être doux d'aller à Lui, murmura Clotilde.

— Plus doux qu'on ne peut l'exprimer, dit avec ferveur Mme de Bernstock. Chère enfant, cette douceur que vous sentez devoir exister auprès de Jésus, c'est Lui-même qui vous la fait entrevoir.

— Lui?

— Si vous saviez, Clotilde, combien il est attentif aux souffrances de nos pauvres cœurs!

— Lui si haut, si grand, si loin!

— Lui, bien près, Clotilde. Lisez ceci : et prenant de nouveau l'Evangile, elle l'ouvrit au livre de l'Apocalypse, à ces paroles de la révélation que St-Jean reçut à Patmos : « Je me tiens à la porte et je frappe. Si quelqu'un entend ma voix et m'ouvre la porte, j'entrerai chez lui, et je souperai avec lui, et lui avec moi. » (Apoc. III, 40.) Et ces mots : « Venez à moi, vous tous qui êtes travaillés et chargés, et je vous soulagerai. » (Math. XI, 28.)

— Oui, oui, je veux aller à Lui ; car, s'il m'aime ainsi, Il doit souffrir que je m'éloigne et que je ne l'aime pas.

— Agis dans ta puissance et dans ton amour, Seigneur, murmura Mme de Bernstock. Elle se prosterna et pria à haute voix dans une supplication courte, instante ; puis elle sortit aussitôt de la chambre.

Peu après elle entrait dans celle de Sylvain et lui disait qu'elle était remplie d'espoir à à l'égard de Clotilde, que ce cœur si fermé semblait s'émouvoir, s'attendrir.

Les yeux de Sylvain brillèrent de bonheur, et, joignant avec ferveur ses mains amaigries et aussi blanches que les draps de sa couche : « O Dieu ! sois béni, murmura-t-il avec un « regard d'adoration, que je la voie chré- « tienne avant de mourir. »

Le lendemain et les jours suivants, Clotilde fut dans une profonde angoisse ; elle voulait maintenant de toute son âme aller à Jésus, mais elle disait que ses crimes étaient trop grands, que les paroles encourageantes qu'elle avait lues n'étaient point pour une si horrible pécheresse, qu'elle avait commis un double meurtre. Son désespoir était navrant. Toute remplie de la frayeur de Dieu, elle n'eût pas voulu mourir à cette heure ; elle se sentait suspendue sur un abîme et voyait toutes les créatures impuissantes à la sauver, à la rendre heureuse, même Sylvain. Dieu, Dieu seul ! s'écriait-elle. C'est Lui seul qu'il me faut, Lui qui me suffira. Mais c'est lui que je ne puis atteindre. Il fuit dans les profondeurs des Cieux. Je suis perdue.

Mme de Bernstock et Sylvain priaient pour elle constamment. Leur cri était : — O Dieu ! fais-toi trouver de cette âme si chère !

Il se fit trouver. Il accourut comme il accourt toujours, lorsqu'Il est ainsi appelé. Il vint l'enlacer de ses bras paternels.

Ce fut un jour de félicité inouïe pour tous ces êtres si malheureux en ce monde. Leurs fronts rayonnaient.

— Qu'y a-t-il donc aujourd'hui ? dit le bon docteur, en entrant.

— Le sujet d'une grande joie, dit Sylvain, c'est qu'aujourd'hui le Seigneur qui est le Christ, le Sauveur, est né dans son cœur aussi comme dans les nôtres.

La joie, la paix, semblèrent ranimer Sylvain. Le docteur permit qu'on le levât et qu'on le portât auprès de la fenêtre ; il ne cacha pas cependant que tout mouvement lui causait de vives appréhensions.

Le jeune malade parut encore plus pâle et plus maigre une fois levé, et il fut pris d'un accès de toux sèche qui rendit sombre le regard du docteur, sans qu'il s'en rendît compte ; peu après, il sortit. Mme de Bernstock avait observé sa physionomie et sentit un froid de mort l'envelopper. Elle rencontra le regard de la pauvre mère qui, elle aussi, avait tout vu, tout observé. Elles se comprirent dans ce silence plein d'angoisse.

Ils ont la vie éternelle maintenant, se disait Mme de Bernstock ; quoi qu'il arrive, bénissons Dieu, puisqu'il y a quelques semaines, tout en vivant, ils étaient morts, et qu'ils seraient perdus à présent et pour l'éternité, sans sa miséricorde.

Et Mme Estenal pensait avec ferveur : — Puisque mon fils est chrétien, je pourrai tout supporter.

L'angoisse pour son fils chéri était telle, que la pauvre Mme Estenal eût à peine pensé aux horribles affaires de son mari, si chaque jour quelqu'homme de loi ne fût venu lui parler d'une chose ou d'une autre. C'était pour elle un horrible supplice.

Un jour elle apprit qu'on avait arrêté le coupable, au moment où il allait passer la frontière de Belgique, après s'être tenu longtemps caché dans l'Argonne, et qu'il allait être ramené à Paris pour y être jugé.

On put cacher à Sylvain tout cela ; mais quelqu'un de grossier et d'imprudent le dit à Clotilde, qui en fut hors d'elle d'abord, mais se calma en regardant à Celui qui fut injustement couvert d'opprobres et d'outrages.

Enfin, le bon docteur permit à Clotilde de sortir et d'aller voir Sylvain. Il eût pu le permettre depuis longtemps ; mais si, d'un côté, il redoutait pour elle l'émotion terrible de l'aspect de Sylvain mourant, il redoutait extrêmement aussi pour son cher jeune malade, l'ébranlement d'un tel revoir.

En apercevant Sylvain, Clotilde poussa un cri sourd et s'enfuit désespérée, comme foudroyée, dans la chambre à côté.

— Ne vous désolez pas, ma sœur chérie, dit Sylvain, en s'efforçant de faire entendre sa voix affaiblie. Venez, regardez-moi en songeant que « si l'homme extérieur se détruit, l'intérieur se renouvelle de jour en jour ».

Elle revint en chancelant et comme une coupable, tombant à ses pieds, couvrant ses pauvres petites mains amaigries de larmes et de baisers, de baisers et de larmes.

— Oh ! me pardonnez-vous, Sylvain, me pardonnez-vous ? murmura-t-elle d'une voix déchirante.

Chacun, mû par un même sentiment, se retira pour laisser seuls ensemble ces deux êtres si jeunes, si beaux, si aimants, et si malheureux.... quant à la terre.

Ils ne purent longtemps que pleurer sur l'écroulement de leur bonheur, de leurs espoirs si doux.

Mais, se raminant peu à peu par la foi :

— Consolez-vous, sœur chérie, dit Sylvain. Je vais aller vers le bonheur et la paix ; vous m'y rejoindrez, quand Dieu vous appellera, et nous verrons ce Sauveur qui nous aime, qui mourut pour nous et que nous avons méconnu. Alors, Clotilde, nous serons réunis, non plus dans ce vague Ciel des belles âmes créé par l'imagination des idéalistes, des poètes non croyants, accepté par notre imagination en délire, mais dans le Ciel de Dieu, le Ciel réel de notre Sauveur.

— Oui, oui, dit la pauvre Clotilde, mais d'ici là, hélas ! que le désert semblera long !

Oh ! que je voudrais mourir ! Et voilà, châtiment mérité, moi, moi, je suis forte à peut-être vivre un siècle, tandis que vous.... O mon Dieu ! prends pitié de moi !

— Songez seulement, Clotilde, à consacrer à Dieu le temps qui vous reste à vivre. Là est l'important.

— Vivre sans vous ! Vivre sans vous ! Sylvain ! Je ne puis... Mon Dieu ! viens à mon aide !

— Unies à Jésus, nos âmes demeureront à jamais unies aussi, quoi qu'il arrive, ma sœur, plus unies en Lui que lorsque nous étions radieux et morts dans nos péchés.

La porte s'ouvrit. La mère inquiète entra timidement.

La jeune fille, se traînant à ses pieds et les enlaçant de ses mains, s'écria :

— Pardon ! Pardon ! Oh ! vous me haïriez, si vous n'étiez pas chrétienne.

— Je ne sais ce que j'eusse fait alors, dit la pauvre mère ; mais ce que je sais, c'est que je vous aime, *ma fille !*

— Oh ! soyez bénie ! dit d'une voix faible la jeune convalescente. Plus bas, elle murmura :

— Vous me tracez le chemin.

Et, entièrement épuisée, elle s'évanouit.

On la transporta chez elle, où elle demeura ainsi pendant une heure ; elle revint graduellement et reprit peu à peu possession de ses facultés et en même temps, hélas ! de toutes ses douleurs.

— M. Sylvain ? demanda-t-elle à la garde, comment va M. Sylvain ?

— L'émotion a rendu sa fièvre plus forte ce soir, dit cette femme, mais, à présent, il va comme à l'ordinaire.

— D'où vient donc, mon Dieu ! que je me trouve toujours faire du mal à ce pauvre cher ange, dit-elle avec accablement, faire du mal à ce que j'aime le plus au monde ?

Vers le soir, comme Mme de Bernstock la veillait après avoir soigné Sylvain, le regard de la jeune fille semblait chercher et craindre quelqu'un partout dans la chambre, ou bien toutes les fois que les portes s'ouvraient. Enfin, après un dernier et violent combat intérieur, Clotilde, se soulevant à demi et s'adressant à Mme de Bernstock avec un regard profond :

— Mon père ! murmura-t-elle.

— O mon Dieu ! sois béni ! s'écria sa vénérable amie l'embrassant les yeux pleins de larmes. Votre père souffre, pleure, se désole et viendra quand vous l'appellerez, mon enfant.

— Qu'on l'appelle.

On alla le chercher. Il accourut, humble, navré, et, se jetant à genoux auprès du lit de sa fille, il balbutia :

— Mon enfant, pardonne-moi. C'était par tendresse pour toi ; je me suis trompé. Ah ! ton pauvre père t'aime tant !

Et le vieillard sanglotait amèrement.

Mme de Bernstock se hâta de sortir, de les laisser seuls.

— Ah ! papa, dit Clotilde, fondant en larmes, elle aussi, à cette vue ; cher papa, Mme Estenal m'a montré le chemin de la miséricorde, du pardon, de l'amour. Que c'est beau d'être *vraiment* chrétien ! Si nous eussions été tous trois chrétiens comme Mme Estenal et la comtesse de Bernstock, nous ne serions pas à cette heure au plus profond de l'affliction, malgré toutes les infamies de M....

Elle n'eut pas le courage d'unir ces mots à ce nom d'Estenal, qui était toujours pourtant celui de Sylvain.

— Ah ! oui, tu as bien raison, dit le pauvre vieillard, tout eût été différent.

— Oui, reprit Clotilde, tandis que nous avons fait voir à tous nos amis, la belle bague que la comtesse de Bernstock avait passée à mon doigt, je n'ai ouvert qu'une seule fois le Nouveau Testament, qu'elle m'avait donné en me suppliant de le lire. Et cette seule fois encore, c'était parce qu'entrant un jour dans le salon où l'on venait de m'annoncer que Sylvain nous attendait, je le trouvai y lisant mon nom avec la date de Montmorency, écrits de la main de Mme de Bernstock, et plus bas un passage de la Parole. Sylvain me dit alors :

— Il se trouve des choses si belles dans ce livre ! nous devrions le lire ensemble. Tenez, je me souviens entr'autres de ceci : « Tout ce que vous voulez que les hommes « vous fassent, faites-le-leur aussi de même. »

— Ah ! si c'était pratiqué ! m'écriai-je.

— Et le beau chapitre sur la charité, ah ! je m'en souviens bien, lorsqu'enfant, Mme de Bernstock m'habituait à trouver rapidement les passages. C'était au XIIIe chapitre de la deuxième épitre de St-Paul aux Corinthiens. Cherchez, Mlle Clotilde, il faut vous habituer aussi, dit-il, en souriant.

— Et je ne me souviens plus de l'indication, qui est fort longue, dis-je en riant. — Répétez-la lentement. Alors, lentement, il la redit. Et voyant que je ne savais si c'était au commencement ou à la fin du livre : — D'abord, dit-il comme un professeur, cherchez les Actes. — Bien. — Puis l'épître aux

Romains. — J'y suis. — Puis, la première aux Corinthiens, puis la deuxième. Le chapitre XIII. Nous y voilà.

Et je lisais à haute voix le chapitre sur la charité, quand notre voisine vint nous demander si nous voulions aller le soir avec elle au spectacle, où l'on jouait une pièce nouvelle, dont on disait monts et merveilles, et que surtout on disait touchante à pleurer toutes ses larmes.

— Oh ! certainement, nous irons, n'est-ce pas, M. Sylvain, m'écriai-je en refermant le livre, le livre divin qui n'était alors pour moi qu'un livre comme un autre, et non la voix de Dieu même, et je le posai sur la console sans y plus songer.

Sylvain soupira légèrement : je m'en souviens, et, reprenant le saint livre, l'ouvrant çà et là :

— J'aimerais autant passer cette soirée avec vous et votre père, à causer et à lire, me dit-il ; mais si vous le préférez...

— C'est bien grâcieux, ce que vous me dites là, répondis-je radieuse. Eh bien ! pour réunir tous les bonheurs, profitons de l'occasion qui s'offre à nous ce soir, de voir cette pièce si belle, et revenez-nous demain, M. Sylvain, nous passerons à trois une douce soirée.

Il sourit, mais son visage resta grave et presque triste pendant le dîner. Ce ne furent que l'entraînement et l'enthousiasme au théâtre qui dissipèrent sa mélancolie. Le lendemain, sa mère était malade ; il ne put venir. Moi je dus aller pour affaire, avec vous, mon père, à Melun. Quand il revint nous voir, le soir, il y avait toujours du monde chez nous. On faisait de la musique et l'on jouait surtout aux cartes. Et cette soirée qu'il avait désiré passer à causer et à lire avec nous, jamais elle ne s'est retrouvée, car ce fut dix jours après notre retour de Melun que tout s'écroula. Qui sait ce qui se fût passé dans cette soirée ? Peut-être eussions-nous trouvé Dieu en lisant sa parole !... Et nous aurions été fortifiés pour l'heure de l'affliction. Elle ne nous eût pas engloutis, et aujourd'hui, Sylvain... Elle ne put achever et fondit en larmes.

— Hélas ! soupira le pauvre père, d'une voix sourde.

— Ah ! dit-elle, en s'animant, cela paraît une chose simple, insignifiante aux yeux de quelques-uns, que de voir deux êtres lisant le Nouveau Testament, et c'est le changement de toute leur vie ! Pour nous, c'eût été la paix au lieu du malheur, au lieu du crime, dit-elle d'une voix basse et navrante. Pour nous, c'eût été la vie au lieu de la.....

Sa voix s'éteignit dans les sanglots.

Son père entourait sa tête de ses bras, la couvrait de baisers, en murmurant :

— O ma fille, ma fille, si belle, si chérie, pour laquelle j'ai tant travaillé, pour laquelle je rêvais un avenir si beau ! Oh ! c'est à mourir que de te voir tant souffrir ! Et par ma faute encore ! Bien des pères, certainement, eussent agi comme moi ; mais comme moi, ils auraient été injustes en confondant l'innocent avec le coupable. Ce bon Sylvain et sa mère ! Oh ! je voudrais tant les voir, leur demander de me pardonner, mais je n'ose pas.

— Je leur demanderai pour vous, mon père, et je suis assurée qu'ils vous pardonneront, car, voyez-vous, mon père, ce sont deux âmes tellement élevées au-dessus des péchés, des petitesses, des rancunes terrestres, qu'il leur est facile de franchir tous les obstacles. Elles ont des aîles.

Dès le lendemain, Sylvain et sa mère consentirent, et même avec une sainte joie, à recevoir M. Varlis. Il arriva si pâle, si désolé, qu'il leur fit pitié ; ils lui tendirent cordialement la main, cherchant à le rassurer.

— Ah ! priez, priez pour moi, vous que j'ai fait tant souffrir, vous qui êtes des saints, car je suis un grand et misérable pécheur qui, par mon orgueil, mon ambition, suis cause de tous les malheurs qui nous accablent.

— Oui, nous prierons pous vous, dirent d'une même voix le fils et la mère.

— Oh ! que ne ferais-je pour vous, M. Sylvain ! S'il me fallait aller au bout du monde pour vous rendre la santé, je partirais sur-le-champ.

IV.

L'automne hâtif du nord se faisait déjà sentir dans la vallée de Montmorency, à mesure que s'écoulaient les jours de plus en plus courts de septembre.

Réunis dans un petit jardin ombragé, Sylvain, assis dans un grand fauteuil et soutenu par des coussins, promenait un regard profond sur sa mère, sa fiancée, Mme de Bernstock.... et sur les guirlandes de feuilles jaunissantes qui, s'enroulant aux grands arbres, retombaient sous mille formes jusqu'aux corbeilles de fleurs et aux bancs.

Le jeune malade avait dit :

— Je suis né à Montmorency ; j'y ai passé bien des années, puis, le beau jour de mes fiançailles ; c'est là que je désire mourir. — Hâtez-vous de m'y conduire.

L'entourage effrayé consulta le docteur, qui répondit en soupirant :

— Ne lui refusez rien, et il a raison, hâtez-vous, ajouta-t-il à demi voix.

Le père Varlis lui dit :

— Allez et n'épargnez rien. Que *la petite* soit contente au moins en cela. Hélas ! poursuivit-il avec douleur, je n'aurai point à faire de dépenses de noces.

Dès le soir, un ami partit, choisit et disposa une charmante petite villa, et, le lendemain, on y conduisit Sylvain.

En traversant dans une voiture au petit pas des chevaux les rues de Paris, il jetait un regard d'adieu sans regret à tout ce qu'il voyait. Mais quand il se trouva dans la campagne, il fut saisi d'une émotion profonde, et, les yeux pleins de larmes, il dit à sa fiancée assise en face de lui, et serrant ses mains dans les siennes :

— O Clotilde ! que n'avons-nous toujours vécu ici !

Et tandis que Clotilde, morne, navrée, laissait tomber en silence de grosses larmes sur les mains de Sylvain, il ajouta plus bas :

— Ce sera peut-être ici que vous viendrez habiter, sœur chérie, auprès de Mme de Bernstock et de ma mère, lorsque... — Il n'acheva pas. — Paris vous ferait trop souffrir, et votre pauvre père pourrap asser aussi une vieillesse plus douce à la campagne et sous l'influence chrétienne de notre pieuse amie.

Clotilde était pâle, glacée, abîmée dans sa douleur.

Mme de Bernstock avait suivi dans une autre voiture avec le médecin.

On descendit de la calèche le jeune malade. Soutenu, ou plutôt porté par le docteur et un ami, il entra dans la maison.

A la vue de cette faiblesse, de cette pâleur, de ces regards défaillants, l'infortunée Clotilde s'enfuit au fond du jardin, et là, loin de tout regard humain, elle jeta vers le Ciel un de ces cris de l'âme qui émeuvent le Dieu d'amour et qui doivent faire pleurer les Anges. La pauvre enfant était tombée affaissée, les mains jointes, le front contre terre, entièrement écrasée.

Qu'elle eût été heureuse de mourir de douleur à cet instant ! mais elle avait encore à vivre, à souffrir, à lutter avec la force de Dieu, à se dépouiller de sa personnalité, *oui, même de son moi si dévoué*. Car, tandis que son âme était broyée, la santé de son corps n'était pas même ébranlée. Il lui devenait de plus en plus évident qu'elle était, qu'elle serait une de ces mortes vivantes, une de ces créatures nées pour le bonheur et la vie, fortes, fraîches, remplies d'élan, et qui sont condamnées à vivre, après que ce qu'elles chérissaient le plus au monde a disparu. Elle demeurait accablée par cette pensée terrifiante ; elle voyait s'étendre devant elle, sans bornes, le morne désert. Elle criait : Grâce ! pitié ! Et elle sentait palpiter en elle une exhubérance de vie ! Ah ! c'est alors que, si son cœur n'eût été changé par la grâce de Dieu, elle eût songé à arrêter dans son cours ce flot de vie qui lui semblait ne devoir se répandre que sur des plaines de sable, sans verdure ni fleurs à vivifier. Mais non, à cette heure, et quelle que soit l'amertume de sa douleur, Clotilde bénit Dieu de toute son âme ; car elle sent qu'il y a peu de temps encore, elle et son fiancé étaient morts, et qu'ils sont revenus à la vie, qu'ils étaient perdus et qu'ils sont retrouvés. Elle aussi, elle adore ce bon berger, qui n'a point laissé s'égarer dans les montagnes et tomber dans les précipices sans fond, ses deux pauvres brebis, mais qui, plein d'amour, a couru après elles, et les a ramenées avec tendresse, humiliées mais heureuses, au céleste bercail. La foi, cette grande victorieuse, la soutient, l'élève, au-dessus de ce monde visible ; elle lui fait voir le sort horrible vers lequel elle et son fiancé se précipitaient, l'abîme des ténèbres éternelles, loin de Dieu, et, par conséquent, loin de l'amour, du bonheur, de la paix, de la lumière, devenant la proie de Satan, le cruel, l'envieux, et de ses cohortes maudites. La foi vient aussi soulever quelques-uns des voiles de la vie à venir, — union glorieuse avec Celui qui les aima jusqu'à mourir pour les sauver, et union ineffable en Lui. Amour, harmonie avec tous les êtres, sécurité inébranlable, transports de joie, visions délicieuses, louanges éternelles des Séraphins et des Anges, s'entre-répondant dans les profondeurs des Cieux avec les cris de délivrance et d'allégresse de ceux qui sont venus de la grande tribulation et qui ont lavé et blanchi leurs robes dans le sang de l'Agneau. Voir Jésus, l'Agneau qui, par amour, fut mis à mort, et qui, puissant « Lion de Judas », apparaît maintenant en gloire, lui dire combien elle l'aime, le bénit et l'adore ! Être vivifiée par son regard céleste, respirer en Lui, s'abîmer dans son amour.

Et puis, là, bien près, voir dans le même bonheur, cette âme sœur de la sienne, qui déjà déploie ses ailes, et la devancera probablement, hélas ! au séjour de lumière ! Encore quelques années de séparation, de lutte, d'isolement de cœur quant à la terre, et puis, après ! Heureux à toujours en Dieu !

— O mon Sauveur ! comment assez te bénir !

Et celle qui était tombée là, terrassée par l'excès de sa douleur, se releva, calme, presque souriante, pâle encore de ses luttes, de la vue du malheur éternel, mais avec un céleste rayonnement sur son front, dans son regard. Son aspect, sa démarche étaient tellement changés, que tous en la voyant en furent frappés et la contemplèrent en silence. Ils sentaient qu'elle descendait des sommets. Ils sentaient qu'elle venait d'avec Dieu.

Aussi, nul ne lui demanda : « D'où viens-tu ? »

Et cependant, son absence avait été remarquée, avait même inquiété.

Mme de Bernstock s'était mise à sa recherche, et, l'apercevant tout au fond du jardin, prosternée, le front dans la poussière au plus épais d'un fourré, elle s'était retirée à pas furtifs, et, priant pour cette pauvre enfant, elle avait erré non loin, de peur qu'elle défaillît complétement, et n'était rentrée qu'aprés elle à la villa.

Sylvain attacha sur elle un regard profond, qui sembla pour Clotilde la continuation de ses visions célestes.

. . . .

Le séjour de la campagne, son air pur, son calme, et la liberté qu'elle donne de jouir de ceux que l'on aime, sembla ranimer le jeune malade. Chaque jour il pouvait faire quelques pas dans le jardin, appuyé sur le bras de sa mére ou de ses amis ; son teint était moins pâle, son sommeil était meilleur. Sans oser se livrer complétement à l'espoir, les pauvres cœurs qui l'entouraient se dilataient un peu.

Quant à lui, il ne se faisait aucune illusion, mais il bénissait Dieu de toute son âme de ce moment de répit qui lui était accordé dans ses souffrances, surtout en voyant que cette heure de calme lui permettrait de prendre en paix congé de ceux qu'il aimait tant et de leur donner rendez-vous dans la patrie céleste. Le pauvre enfant se doutait bien peu qu'avec le faible lumignon de vie qui lui était laissé, il pourrait amener une âme à la vie éternelle.

Pendant qu'il était à Paris, il avait souvent été visité par deux pasteurs, intimes amis de la vénérable comtesse. A son départ de Paris, l'un de ces Messieurs écrivit à un pasteur de province qui, pour la santé d'un de ses neveux, M. Gérald de St-Almer, passait quelque temps à Montmorency. Il lui recommandait chaleureusement le jeune malade et son entourage, le priant de les visiter souvent. — Ainsi fut fait. — Le vieux ministre vint fréquemment visiter le petit groupe affligé, mais fervent, de la villa, et il s'en retournait édifié en le quittant.

Un jour, il eut l'idée de proposer à son neveu de l'accompagner. Le jeune homme, moitié par respect, moitié par désœuvrement, accepta et le suivit. En approchant de la villa, ils entendirent des chants.

— Vous vous trompez de demeure, sans doute, mon oncle, dit Gérald ; vos pauvres amis ne chantent probablement point.

— Qui sait ? dit le serviteur de Dieu. Paul et Silas, en prison, les pieds serrés dans des ceps de fer, la nuit avant le jour où ils devaient être traînés au supplice, ne chantaient-ils pas les louanges de Dieu ?

Le jeune homme regarda son oncle, et son visage, sur lequel errait d'ordinaire le vague et amer sourire des blasés, son visage devint sérieux. Et tout-à-coup, d'un accent enjoué, enfantin, qui ne lui était pas habituel, il dit :

— Tenez, mon bon oncle, vous ne pourrez dire que j'ai tout oublié ; je me souviens de la fin de ce verset relatif aux chants de Paul et de Silas, appris à l'école du Dimanche. Il est dit, n'est-ce pas, que « les prisonniers les entendaient ? »

— Oui, Gérald, ce sont exactement les paroles. Que devaient éprouver ces païens à l'ouïe des chants sublimes de ces hommes qui n'avaient plus que quelques heures à vivre ? Ah ! nous tous, Gérald, nous sommes des prisonniers ; écoutons ceux qui dans les fers chantent l'hymne de l'éternelle et céleste liberté.

En disant ces mots, le vieux pasteur poussa doucement la petite porte du jardin. Gérald et lui s'arrêtèrent émus à la vue du tableau qui s'offrit à leurs yeux.

Sylvain, assis dans un fauteuil, sous de grands arbres aux feuilles flétries, regardait avec l'expression grave et douce de ceux qui meurent dans la foi, une jeune fille, s'accompagnant au piano tiré près de la porte vitrée du salon, et chantant d'une voix tremblante le cantique qu'il venait de lui demander et que s'efforçaient de chanter aussi sa mère, cette mère au cœur crucifié, et Mme de Bernstock, cet autre martyr moral.

Sylvain essayait de se joindre à ce chant ; mais sa voix s'éteignait. Tous donc ils chantaient ce cantique dont l'air, composé par Beethoven, s'harmonise si bien avec les paroles :

Ecoutez tous une bonne nouvelle,
C'est pour sauver que Jésus-Christ est mort.
Qui croit au Fils a la vie éternelle,
Notre salut est un don du Dieu fort.

Ah ! je n'osais, dans ma grande misère,
Dieu juste et saint, même te supplier,
Mais tu me dis : Appelle-moi ton père,
Et c'est « Abba » que j'apprends à crier.

Aux doux concerts de tes saints, de tes Anges,
Désormais donc, Seigneur, je veux m'unir.

Et le vieux pasteur joignit sa voix énergique et belle encore à ces vers de la fin :

Dans leurs transports ils chantent tes louanges,
Heureux comme eux, comme eux je dois bénir !

Heureux, oui, quoi qu'il en soit, plus heureux encore que nous ne pouvons le croire et le comprendre, dit le vieux pasteur en s'avançant vers ses amis et leur serrant affectueusement la main à tous.

Gérald, profondément ému, s'inclina devant tous en silence, et les regarda tour à tour avec un mélange de curiosité et d'intérêt, surtout d'intérêt. Mais bientôt tous ses regards, toutes ses pensées, se concentrèrent sur Sylvain, car lui, Gérald aussi, était malade et bien malade, de la maladie du siècle, malade de désenchantement, d'incrédulité, de vide. Des souffrances physiques étaient venues, à la suite d'une fièvre typhoïde, s'ajouter à l'état de marasme où il était déjà plongé. La terrible fièvre se jeta sur les poumons. A cette heure, sa poitrine était irrévocablement attaquée, et bien qu'il fût à un degré beaucoup moins avancé que Sylvain, son beau visage portait déjà cette empreinte navrante et sublime qui ne trompe pas ! Marque peut-être des privilégiés de la terre, qui, dans leur fleur la quittent, avant de l'avoir vue se dépouiller.

La visite s'écoula en pieux entretiens, entremêlés de lecture de la Parole ; l'un l'autre s'exhortant avec tel ou tel passage ; puis on citait un verset de cantique ou même on le chantait. Epanchements d'âmes unies ; avant-goût du Ciel. Au moment de se séparer, on pria ; ce fut une prière filiale d'enfants réconciliés, faisant monter vers le trône de leur Père les soupirs de l'esprit, criant dans le cœur : Abba ! Abba !

En sortant de la villa, Gérald dit au pasteur :

— Mon oncle, si vous le permettez, je vous accompagnerai toujours ici.

Le lendemain, ils y retournèrent ; peu à peu, ils y passèrent une partie de leurs journées. Souvent, Gérald y précédait son vieil oncle ; il avait presque chaque fois avec Sylvain d'ineffables entretiens, où son âme recevait la vie éternelle. Ce que les plus pressantes exhortations, les plus éloquents prédicateurs, n'avaient pu faire, la foi triomphante et pleine d'onction d'un jeune mourant, venait de l'accomplir. Le froid, le désolé, l'incrédule, le désenchanté Gérald, était devenu un disciple fervent de Jésus-Christ. Et son vieil oncle bénissait, adorait les voies de Dieu. Et Sylvain, dans le plus profond ravissement, entourait de tendresse et de prière son fils dans la foi ; il disait à Mme de Bernstock :

— Aurais-je jamais cru que Dieu m'accordât un tel privilége, un honneur si doux ! Moi, pauvre indigne créature, *à peine sauvée*, condamnée à l'inaction, ne pouvant guère, comme le brigand crucifié, qu'appeler les âmes à regarder au Dieu crucifié.

— Mon enfant, les voies de Dieu sont admirables plus qu'on ne peut le dire, lui répondit sa digne amie.

V.

M. Varlis, retenu à Paris toute la semaine par ses occupations, venait passer ses dimanches à Montmorency dans *sa famille*, comme il le disait naïvement. — Il était vrai : le petit groupe réuni à la villa, malgré les terribles déchirements qu'il y avait eu et que le profond repentir d'un côté, et, de l'autre, le pardon le plus cordial, avaient effacé ; malgré la différence de fortune et même de rang, ce petit groupe de sept personnes (car nous y comprenons Gérald et le pasteur), oui, ce groupe faisait penser aux temps apostoliques, où les disciples n'étaient qu'un cœur et qu'une âme, parce qu'ils étaient unis étroitement et *réellement* à Jésus.

La ruine de Mme Estenal et de son fils disparaissait de la manière la plus délicate, la plus imperceptible, dans la grande aisance des Varlis, qui regardaient comme une grâce de pouvoir faire quelque chose pour eux. Et ceux-ci, pour l'amour de Dieu, acceptaient avec simplicité.

Les quartiers de noblesse des St-Almer et des Bernstock et tous les préjugés orgueilleux, faisaient place aux aspirations vers la vraie noblesse, celle du royaume de Dieu, celle des sentiments. Amour fervent, dévouements de toutes sortes, s'excitaient dans les cœurs en sainte et douce rivalité.

A toute la fausse science, à toutes les grandes et élégantes manières du *high life,* qui recouvrent tant de bassesse, d'avilissement, Gérald préférait désormais une parole de foi et d'amour du jeune mourant, et la cordialité pleine de dignité, de respect mutuel, qui régnait dans les rapports journaliers de tous ces êtres de destinées si diverses, réunis à la villa par une seule et même grande pensée.

Du reste, il n'y avait là que le père Varlis qui fût naturellement vulgaire de manières et de langage. Mais le bon sens qu'il possédait le faisait se renfermer dans une grande réserve, et d'ailleurs la blessure de son cœur paternel était tellement saignante, ses regrets, son humiliation, si sincères, que le pauvre homme arrivait toujours à la villa en tremblant, frappait à la porte comme l'eût fait un mendiant, et ne se rassérénait que sous l'influence de l'accueil affectueux et même tendre qui lui était fait par chacun. Toute la semaine, le vieillard, au milieu de ses grandes occupations, ne cessait de repasser dans son esprit tout ce qui avait eu lieu, de se retracer tous ses torts, de se détester, de se maudire, d'appréhender une issue fatale, très prochaine, à l'état du fiancé de sa fille. Il se disait en frémissant : Que deviendrais-je, si on m'apprenait quelque mauvaise nouvelle ? Que se passerait-il ? Ma pauvre petite Clotilde ! O mon Dieu ! détourne de moi ton courroux !

Et puis, quand il passait devant les magasins de librairie, de fleurs, de comestibles, il y vidait son porte-monnaie, disant : — Je vais leur faire une surprise. — Il achetait de belles fleurs pour la comtesse de Bernstock ; il n'eût osé lui offrir autre chose que les fleurs, les douces fleurs, qu'une bergère peut offrir à une reine. — Puis il achetait, pour Sylvain, des livres avec de belles gravures, de jolis petits objets agréables à un malade, et mille friandises. Il arrivait toujours avec une caisse remplie, disait à Clotilde de l'ouvrir et d'offrir à chacun les objets, selon le nom qu'il y avait écrit. A cet instant critique de la distribution, il s'enfuyait de la villa comme un voleur. Lorsqu'il rentrait enfin à la dérobée et qu'on voulait lui exprimer des remerciements, il faisait un signe de la main avec une si vive expression de souffrance, que l'on était contraint de se taire. Il disait seulement : — Si cela vous convient, c'est tout ce qu'il faut.

Ses amis, ou plutôt *sa famille*, comme il le disait si bien, était profondément touchée de tant d'humble bonté et priait ardemment pour lui ; car on voyait qu'il souffrait cruellement dans son cœur et dans son âme, privée de paix céleste.

Un dimanche, M. Varlis, absent comme toujours pendant la distribution, revint au moment où le pasteur commençait le culte que tous les dimanches il célébrait à la villa, et auquel venaient se joindre les domestiques et des voisins attirés à ce sanctuaire de paix, par l'amour, la sainte joie qu'animaient des cœurs dans l'épreuve, et aussi par le chant des cantiques, qui s'élevait de cette maison renfermant tant de douleurs terrestres.

M. Varlis s'assit à l'écart, et bientôt le pasteur, prenant pour texte le premier verset du cinquième chapitre de l'épître St-Paul aux Romains, médita et développa avec force cette précieuse déclaration : « Etant donc justifiés par la foi, nous avons la paix avec Dieu par notre Seigneur Jésus-Christ. »

Oui, mes amis, nous le savons, disait le ministre, ce n'est que par la foi en Christ que nous pouvons avoir la paix. Le péché a été commis ; il en faut une expiation. Il fallait une victime, un être assez puissant, assez dévoué pour souffrir et mourir à ma place. Qui se présentera ? Un Ange, un Archange ! La plus glorieuse des créatures célestes ? Mais elle succomberait sous le poids et elle me rendrait idolâtre, car je la préférerais certainement à Dieu. Il me faut un Dieu, il me faut Dieu Lui-même ! Il accourt ! lui, offensé par mes péchés ! Jésus s'est élancé au-devant du coup qui allait nous frapper. Oui, Jésus ! Ah ! c'était Lui qu'il nous fallait, notre Dieu se faisant homme pour nous sauver. Il a reçu la punition que nous avions méritée, et quelle punition ! Le poids de la justice divine. Il a défailli en Gethsémané ; un Ange est venu pour le fortifier. Il a subi notre enfer pour que nous allions au Ciel. Il a payé entièrement notre dette, non avec de l'argent, mais avec son sang. Il est mort pour que nous eussions la vie. Et son Père a trouvé l'expiation suffisante, car Il l'a ressuscité. Oui, il nous est dit que « Jésus est ressuscité *à cause* de notre justification. » S'Il n'avait pas été une victime suffisante, si notre salut n'eût pas été accompli, Jésus fût resté englouti dans la mort, et nous serions sans espoir, sans éternel avenir, ne pouvant que déplorer la mort du généreux Ami, qui avait essayé de nous sauver et n'avait pu y parvenir.

Mais Jésus a triomphé de l'enfer et de la mort d'une manière éclatante par sa glorieuse résurrection. En Lui, nous en triomphons à l'avance. Tout est à nous par Lui, et, dans ses bras, rien ne peut nous nuire.

Mourons donc au péché qui a fait mourir notre tendre et céleste Ami. Ressuscitons avec Lui pour la vie de sainteté, d'amour et de lumière, qu'Il veut nous communiquer par son Esprit !

Après cette exhortation chaleureuse, le vieux pasteur proposa au petit groupe réuni dans le jardin de chanter ce cantique, qui en était la continuation :

Eternel, ô mon Dieu ! j'implore ta clémence.
Indigne de pardon devant ta sainteté,
Je n'ai droit, je le sens, qu'à ta juste vengeance,
Car ton œil est trop pur pour voir l'iniquité.

Je suis le criminel, Jésus souffre à ma place ;
Par sa mort, il m'arrache à l'éternel trépas.
Que, lavée en son sang, mon âme trouve grâce,
Et que ton Esprit-Saint vienne guider mes pas !

Seigneur ! qu'aux doux rayons du soleil de justice,
Je sente un nouveau cœur en moi s'épanouir !
Qu'en tous temps, en tous lieux, mon âme te bénisse,
De foi, de charité, daigne, ô Dieu ! la remplir.

Ensuite, le ministre pria. Ce fut un cri humble, fervent, rempli de cette force qui transporte les montagnes ; puis de nouveau il proposa le chant d'un cantique. Celui-ci :

Tu parais, ô Jésus ! et ta bouche proclame
L'an favorable du Seigneur.
C'est à toi qu'Il s'adresse ; écoute-le, mon âme,
Car Il veut être ton Sauveur.

O Seigneur ! que je sois de ceux que tu soulages !
Fils d'Adam, j'ai souvent péché.
Tu vins pour des pécheurs et non pas pour des sages ;
Fais-toi trouver ! je t'ai cherché.

Que j'apprenne, ô mon Dieu ! ce regard d'espérance
Du croyant qui s'attend à toi.
Je crois, mais sans avoir une ferme assurance ;
Augmente donc ma faible foi.

Pour accompagner ces chants, Clotilde, qui savait maintenant être courageuse et n'était plus la jeune fille esclave de ses impressions, mais les dominait en souveraine, notre pauvre Clotilde avait roulé le piano tout près de la fenêtre et joint les accords du clavier à ces airs solennels, si bien en harmonie avec les paroles.

Pendant le chant, Sylvain, regardant M. Varlis, avait vu de grosses larmes glisser en silence sur les joues ridées du vieillard. Plus ému qu'on ne peut l'exprimer, le jeune malade priait mentalement pour lui. Quand le petit culte fut terminé, il appela d'une voix affectueuse M. Varlis.

— Voudriez-vous, cher Monsieur, dit-il en souriant, me donner l'appui de votre bras ?

— Ah ! pauvre enfant ! Ah ! Monsieur Sylvain ! balbutia tout tremblant M. Varlis, voilà mon bras, appuyez-vous fort, bien fort.

Et comme ils commençaient à marcher :

— Oh ! je voudrais vous porter, vous donner des forces, vous voir courir, gai, joyeux. Mon Dieu ! mon Dieu ! que ne donnerais-je pas pour cela ! Oh ! tout, mon sang, ma vie ! Dieu le sait bien, Lui qui sait tout, qui voit mes larmes et tout ce que j'endure, car je puis bien vous dire, Monsieur Sylvain, que si je vous ai fait souffrir, vous êtes plus vengé que vous ne pouvez le croire.

— Monsieur Varlis, de grâce, plus ce mot là, il m'afflige, dit Sylvain, devenu très pâle ; parlons plutôt de votre âme, de votre bonheur, de votre paix. N'est-ce pas que les grandes vérités exprimées avec tant de force par ce cher vieux pasteur sont consolantes ? Oh ! qu'il est doux de pouvoir dire avec le cantique :

C'est à toi qu'il s'adresse, écoute-le, mon âme,
Car il veut être ton Sauveur.

— Oui, Monsieur Sylvain, oui ! Priez pour moi, vous qui êtes la charité même, car je suis un homme brisé, fini.

— Prions ensemble, cher Monsieur, cher frère, dit Sylvain.

Et ensemble, ils se prosternérent au milieu d'un massif d'arbres verts, au fond du jardin.

Que fut cette prière de Sylvain ? de quelle vertu Dieu revêtait-il ses accents ? En se relevant, M. Varlis était un homme transfiguré ; un rayonnement intérieur illuminait son visage naguère bouleversé, tourmenté ; il murmura :

— Maintenant, je suis une « nouvelle créature, les choses vieilles sont passées » ; je me sens fort de la force de Dieu.

Sylvain et lui échangérent un long baiser, baiser de réconciliation, de saint amour et de rendez-vous aux Cieux.

Le soir, M. Varlis alla chez le pasteur et lui exprima l'ardent désir qu'il éprouvait de communier avec sa famille le dimanche suivant à la villa, où il avait appris qu'on devait participer à la sainte Cène. Le pasteur, heureux et profondément ému, s'entretint longtemps avec l'humble néophyte, le questionnant, l'instruisant, et voyant en lui l'âme la plus sincère, mais aussi la plus brisée. Il pria et lui remit des livres qu'il l'engagea à lire, à méditer, pendant cette semaine de préparation, qui semblait à M. Varlis, ainsi qu'il le disait dans son naïf langage, la préparation à son entrée dans le royaume céleste.

Après le départ de M. Varlis, le vieux pasteur était seul dans son cabinet de travail, lorsqu'il vit entrer Gérald de St-Almer.

— Mon oncle, dit le jeune homme d'une voix émue, Sylvain vient de me dire que dimanche prochain vous devez célébrer la sainte Cène à la villa ; que lui, Sylvain, et Mademoiselle Varlis doivent y prendre part, comme à une véritable première communion. Je viens vous demander si vous voudriez bien admettre aussi un troisième catéchumène, en recevant à la sainte table votre pauvre et indigne frère et neveu, Gérald de St-Almer ?

— Que Dieu te bénisse, mon enfant, dit le vieillard avec solennité, et qu'Il unisse indissolublement ton âme à Lui. Aujourd'hui est un jour de bonheur, car le cher vieillard que tu as peut-être rencontré dans le jardin venait de me demander humblement si je pensais qu'il pût participer à la sainte Cène. Ainsi, je vois donc aujourd'hui deux néophytes s'approcher de Dieu et souhaiter de se joindre à ces deux chers jeunes amis ; ils pensent, eux aussi, faire leur première communion dimanche prochain.

Ah ! la première communion, qu'est-elle pour la plupart ? Une formalité après laquelle on se lance dans le tourbillon des plaisirs, juste après qu'on vient de promettre d'y renoncer pour entrer dans la communion de Dieu !

Selon sa coutume, M. Varlis quitta Montmorency le lundi par un train du matin, qui lui permettait d'être de retour à Paris de fort bonne heure pour vaquer à ses affaires. Comme le seigneur éthiopien de la cour de Candace, il continuait son chemin plein de joie. (Actes VIII, 39). Il eut voulu dire à tous combien il était heureux. Il s'étonnait de sa joie et s'étonnait encore plus de ne pas se la reprocher après de telles catastrophes.

Aussitôt qu'il avait un instant de libre, il lisait les livres prêtés par le vieux pasteur. Il mangeait à peine, ne dormait presque plus ; son visage était altéré ; mais ses yeux étaient brillants de joie.

— Qu'a donc le patron ? disaient les ouvriers, ce n'est plus le même homme. M. Sylvain est-il guéri ? Sa fille va-t-elle se marier ? A-t-il rattrapé ses dix mille francs escroqués ?

Quelques intimes lui firent ces questions.

A toutes il répondit négativement.

— D'où lui vient donc sa joie? se disaient ces hommes, ignorant les joies indépendantes de la terre.

Ce qui mit le comble à leur étonnement, c'est qu'un soir il réunit tous ses employés, leur dit qu'il était heureux parce qu'il savait que tous ses péchés étaient lavés dans le sang du Christ et qu'il ne craignait plus la condamnation, mais avait la joie éternelle; qu'après avoir cru devenir fou de douleur de tous les malheurs qui lui étaient arrivés, il se sentait à présent le courage de tout supporter; que son souhait était de voir ses chers ouvriers et employés heureux comme lui, et que pour cela il leur faisait le don de la Parole de Dieu, dans laquelle seule ils pouvaient trouver la paix et la vie éternelle.

Puis, il pria avec eux. Et comme ils se levaient pour se retirer, il leur dit :

— Je viens de vous donner le vrai trésor, je veux y joindre un petit cadeau terrestre.

Et il remit à chacun un bon sur l'Etat.

Muets de surprise et de reconnaissance dans le premier moment, ils le comblèrent bientôt de remerciements, et il les quitta en leur disant :

— Ne faites pas comme ma pauvre Clotilde, qui me rappelait cela en pleurant, il y a quelques jours; elle avait montré à toutes ses connaissances la bague donnée par la comtesse de Bernstock et ne lisait pas l'évangile que cette dame lui avait aussi donné ! Si elle l'avait lu et suivi, les plus grands de nos malheurs ne seraient pas arrivés. Sylvain serait en bonne santé, tandis que sa vue m'a porté un coup mortel, mes amis. J'ai crié à Dieu : — Oh ! que je ne le voie pas mourir !

Et le bon vieillard se sépara de ses ouvriers.

Il prit le jeudi une grande résolution, implora de Dieu foi et charité et alla voir le père Estenal en prison. Il en avait demandé l'autorisation dès le lundi et venait de l'obtenir. Il alla d'un pas ferme et rapide vers le sombre asile. Le misérable crut qu'il venait lui adresser des reproches et l'accueillit avec des paroles ironiques. Mais lui, sans se laisser rebuter, s'écria :

— Ah ! M. Estenal, vous me parlez de mes dix mille francs disparus. Dieu sait que je ne les regrette plus, que je n'y pense plus. J'ai bien trop souffert de malheurs plus cruels depuis cette perte, et je suis bien trop riche et trop heureux pour me tourmenter à ce sujet.

Et comme l'autre le regardait avec un singulier mélange d'étonnement, d'envie, de doute, se demandant à part lui si le père

Varlis n'était point devenu fou, celui-ci ajouta :

— Oui, M. Estenal, je suis riche, votre fils est riche, et Clotilde, tous, tous, maintenant, et je viens vous faire part de mes richesses, plus solides que celles de ce monde, des richesses éternelles : paix, bonheur, salut, amour, lumière, à toujours en Dieu.

— Ah ! je comprends maintenant, dit avec ironie le père Estenal, voilà pourquoi vous êtes si généreux ; ce sont des richesses dont on peut faire part sans s'appauvrir.

— Comme vous le dites, M. Estenal, l'amour de Dieu est sans bornes ; tous nous pouvons nous y plonger comme dans un océan.

— M. Varlis, dit sèchement M. Estenal, je vous remercie beaucoup de votre visite, car je ne suis pas pour l'heure dans un milieu aussi agréable que les cafés des boulevards ou l'Opéra ; je vous en remercie ; mais quant à toutes les choses dont vous me parlez, je les ai déjà entendues depuis longtemps ; elles ne m'offrent aucun attrait. Je suis un homme d'affaires, un homme pour les choses positives, qui n'entend rien à toutes ces momeries.

Et comme M. Varlis stupéfait, indigné, le regardait, n'osant lui répondre à cause de son malheur actuel, le misérable poursuivit avec forfanterie :

— Si j'ai échoué cette fois, je me rattraperai bientôt.

Oui, bientôt, vous entendrez dire, M. Varlis, ou vous lirez dans les journaux, que le père Estenal s'est envolé de sa cage, grâce à...

(Et il faisait avec ses deux mains un mouvement expressif qui voulait dire qu'avec de l'argent, il corromprait quelque gardien.)

— Et alors vous verrez ; je partirai pour l'Amérique et je ferai une fameuse fortune. Aussitôt, je vous enverrai vingt mille francs au lieu de vos dix mille. Vous voyez que ce seront de beaux intérêts. J'en ferai autant pour tous ceux que je fais perdre. Je roulerai voiture ; j'aurai de nombreux domestiques. Ma femme et mon fils seront riches, réellement riches. Je répandrai des bienfaits sous le nom du comte de... je chercherai le nom. Et du pauvre Estenal prisonnier, il ne restera rien, rien, pas même le souvenir, car je chasserai tout ce qui m'arrive actuellement comme un mauvais rêve.

— Mais vous pouvez mourir d'ici là, et le mal n'en resterait d'ailleurs pas moins le mal. Votre femme et votre fils, victimes, sans parler de bien d'autres.

— Bast ! Ma femme et mon fils ! ce sont deux niais, bons à chanter des psaumes du matin au soir. Ils sont bien cause de ce qui m'arrive. S'ils avaient voulu venir avec moi dans les fêtes, *représenter*, être très élégants, cela aurait donné plus de confiance et l'on m'eût prêté d'autres fonds avec lesquels j'eusse paré le coup, tandis que, seul, j'ai été coulé ; alors j'ai fait des faux pour me rattraper, et puis, un beau jour, on a tout découvert ; mais, que voulez-vous, c'est le commerce.

— Comment, le commerce ! dit en éclatant M. Varlis. Le commerce est indispensable ; donc, Dieu le permet, l'ordonne même ; donc, le commerce peut et doit se faire en sa présence, en toute intégrité.

— Alors, on ne gagne rien.

— Et quand cela serait ! Mais on peut y gagner et honnêtement ; j'en suis une preuve.

— Oh ! vous êtes venu pour vous vanter et me faire des reproches.

— Dieu sait le contraire et vous aussi. Changez de vie. Demandez à Dieu un nouveau cœur. Vous êtes père d'un ange, d'un chrétien, pour parler plus exactement ; vous êtes père de Sylvain. Oh ! venez à la lumière qui l'éclaire. Il est en paix, mais mourant.

— Vraiment, dit le père Estenal en pâlissant, je le croyais mieux.

— Il se soutient ; mais il n'y a pas d'espoir ; le docteur l'a dit encore l'autre jour, et j'en meurs de douleur.

— Vous !

— Oui, moi. J'ai fait rompre le mariage après votre fuite. Je me reproche sa mort, son suicide.

— Quoi ! vraiment, Sylvain est mourant ! dit M. Estenal.

— Mais son âme vit et vivra toujours, reprit avec solennité M. Varlis. Voilà sa force, sa lumière. Lisez, méditez, priez vous aussi, M. Estenal.

— Oh ! je ne suis pas un homme à cela, je vous l'ai dit, M. Varlis.

— Songez à votre âme, à l'éternité, à l'enfer, dit en sortant de la cellule du condamné le père Varlis.

— Nous verrons, nous verrons, dit avec un sourire amer M. Estenal ; je ne suis pas encore bien vieux, et puis j'ai de l'*avenir ;* vous savez ce que je vous ai dit ; mon plan est fait.

— Et si vous mourez dans huit jours?

— Bah ! bah !

— Monsieur Estenal, allez au Sauveur, au plus tôt.

— Nous verrons.

Et M. Varlis sortit écœuré d'avec ce cœur qui s'endurcissait. Il en fut malade d'émotion et ne dîna pas. Le soir, il se coucha de très bonne heure, mais ne put dormir. Depuis la fatale nuit où il trouva sa fille mourante, le sommeil avait presque constamment fui loin de ses yeux.

Le vendredi et le samedi, il fit mettre sa maison bien en ordre, révisa tous ses papiers et emballa soigneusement le costume qu'il s'était fait faire pour le mariage de sa fille et qui était toujours resté enveloppé tel qu'il était arrivé de chez le tailleur. Il voulait le prendre pour s'approcher de la Cène du Seigneur. C'était une si belle fête pour lui !

Le dimanche matin, il arriva de bonne heure ; il était très pâle. Ses yeux rayonnaient de joie ; il était silencieux comme à la veille des grands bonheurs. Il n'offrit aucun cadeau. Le jour était trop solennel pour cela.

Le service commença dans le salon de la villa, rempli de rangs de chaises pour les habitants, leurs amis et les voisins. Le pasteur était assis dans un fauteuil adossé à la cheminée. Devant lui, la table, recouverte d'une nappe de blancheur éclatante, portait la coupe de la communion et le pain. Tout auprés de la table était Sylvain, soutenu par des oreillers sur un grand fauteuil et paraissant plus faible et plus pâle. Auprès de lui était sa mère, puis Clotilde, puis Mme de Bernstock, M. Varlis et M. Gérald de St-Almer, en tenue soignée et sévère aussi. Ensuite, la garde-malade, les domestiques et les voisins.

Près de la fenêtre était un harmonium, s'accordant mieux que le piano avec les cantiques. Le pasteur ouvrit le culte par ce psaume tant aimé de nos pères, sous le feu de la persécution :

La voici, l'heureuse journée,
Qui répond à notre désir.

Ensuite il lut et médita avec onction ces paroles de la première épître de St-Jean :

« Voyez quel amour le Père nous a témoigné, que nous soyons appelés enfants de Dieu. »

Puis, il fit chanter le beau cantique :

Est-il bien vrai, Seigneur, qu'un fils de la poussière
A ton festin d'amour par toi soit invité ?

M. Varlis sanglotait et les trois jeunes gens étaient dans une émotion indicible.

Puis, les quatre catéchumènes, d'âge et de situations si divers, se levèrent, et chacun, en quelques mots très brefs, fit confession de sa foi en Christ.

Alors, le pasteur rompit le pain qui représente le corps du Seigneur, rompu pour nos péchés, et le distribua aux quatre néophytes, puis à Mme de Bernstock, à Mme Estenal, à quelques frères et sœurs. Ensuite, il bénit la coupe et la présenta aux communiants.

Tous étaient prosternés, adorant. Quand on se releva, ce fut lentement, comme avec regret. Et tandis qu'on était encore debout :

— Chantons le cantique de Siméon, dit d'une voix ferme et joyeuse M. Varlis.

Clotilde, qui succombait aux émotions de cette journée, fit entendre sur l'harmonium un prélude solennel et touchant. Au moment où elle commença l'air du cantique, son père l'entonna, disant avec le vieil israélite qui serrait dans ses bras le Sauveur du monde, donnant ainsi à son peuple un exemple qui, s'il eût été suivi, eût changé la face des choses humaines :

Laisse-moi désormais,
Seigneur, aller en paix,
Car, selon ta promesse,
Tu fais voir à mes yeux
Le salut glorieux
Que j'attendais sans cesse.

Sylvain était si ébranlé des profondes émotions de cette matinée, qu'il se retira immédiatement dans sa chambre, et que ce dimanche-là il n'y eut point de service dans l'après-midi à la villa.

M. Varlis alla se promener dans la campagne avec le vieux pasteur et son neveu, M. de St-Almer; ils repassèrent ensemble dans leur cœur les bénédictions de la journée.

M. Varlis raconta, sous le sceau du secret, sa visite au prisonnier.

— Ah ! je vous reconnais bien là, cher frère, dit le vieux pasteur tout ému, avant de monter à l'autel de Dieu, vous vous êtes souvenu que vous aviez quelque chose contre cet homme et vous avez voulu l'assurer de votre pardon, l'exhorter à venir à Dieu.

— Oui, mais je n'ai obtenu aucun résultat, dit M. Varlis en hochant la tête. Je n'ai guère été persuasif, il faut le croire. J'aimerais bien que vous allassiez visiter ce malheureux, M. le ministre.

— Certainement, j'irai le voir ; vous pouvez y compter. Sylvain me parle souvent de son pére avec anxiété ; il ignore qu'il a été repris. Quant à sa mére, elle m'a confié avoir été le visiter deux fois avant de quitter Paris ; elle en est revenue brisée.

Quel mystére, continua le vieux pasteur, comme se parlant à lui-même, quel mystére que de tels péres aient de tels fils, et que parfois d'excellents parents aient des enfants déplorables !

— Oh ! oui, c'est une énigme, dit Gérald. Sylvain si pieux, si noble, si rempli de délicatesse, avoir un pére..... Il n'acheva pas.

— Ah ! dit M. Varlis, il avait trop de cœur pour subir l'opprobre et pas assez de foi pour en triompher.

— Oui, reprit le jeune homme, ce ne sont point en général les êtres à nature vulgaire qui vont jusqu'où a été Sylvain, et bien plus coupables qu'eux sont ceux qui les portent au désespoir par leurs infamies, leurs méchancetés ou leurs écrits. Le monde n'en juge pas ainsi. Mais Dieu, qui sait tout, sonde les cœurs.

— J'ai souvent eu la pensée que tu exprimes, Gérald, dit le vieux pasteur ; tandis qu'on refuse aux suicidés des funérailles et des sépultures honorables, on entoure souvent de chants et de pompe, le convoi de ceux qui les ont conduits à l'abîme, soit par leur dureté, soit par leurs écrits.

— Hélas ! murmura M. Varlis d'une voix sourde.

— Ceux qui assument la grande responsabilité de nourrir l'esprit de l'humanité par leurs écrits, ne comprennent pas tous que leur devoir est d'apprendre à souffrir, d'enseigner le courage moral. A tous les désespoirs, à toutes les tentatives hasardeuses qui manquent, la porte reste ouverte, semble-t-il, par le suicide. On ne pèse plus autant ses actions ; on ne craint plus autant l'imprudence ; le grand moyen est là ! Si la douleur est trop forte, d'un regard, les écrivains à la mode montrent le suicide. Oh ! qu'ils sont coupables ! Plus même que ceux qui, par des paroles emportées, amènent une catastrophe, car eux seuls, de sang-froid, écrivent, lisent et relisent leurs ouvrages, avant de les publier.

L'oncle et le neveu voyant avec douleur que leur vieil ami avait pris pour lui-même ce qu'ils ne disaient qu'en pensant au père Estenal et aux auteurs dramatiques entre autres, qui avaient pu exalter les jeunes gens, essayèrent délicatement de dissiper l'impression du vieillard.

— Ah ! Messieurs, dit-il, Dieu seul sait tout ce que j'ai souffert, je ne puis plus dire tout ce que je souffre, car, aujourd'hui, je vois la transformation, je reçois le pardon doux et tendre de ma fille, de Sylvain, et j'ai en moi une paix, une joie qui m'étonnent, que je sens supérieures à tout, « une paix qui surpasse toute intelligence ».

En rentrant à la villa, le vieux pasteur monta dans la chambre de Sylvain, qu'on avait dû mettre au lit, et qui, en le voyant entrer, lui tendit la main avec effusion.

— Quelle belle journée ! Quelle heureuse journée ! dit Sylvain. Moi, pauvre pécheur, m'unissant au Roi de gloire et par la foi mangeant son corps rompu, buvant son sang répandu en rémission des péchés. Oh ! quelle miséricorde ! quelle grâce ! quel amour ! Mon cœur est rempli d'une joie inexprimable. J'ai soif de connaître de plus en plus l'amour de Dieu. J'ai soif de Le voir. Bien souvent j'essaie de chanter ce vieux psaume que tout enfant j'aimais :

Comme un cerf altéré brame
Après le courant des eaux,
Ainsi soupire mon âme,
Seigneur, après tes ruisseaux.
Elle a soif du Dieu vivant
Et s'écrie en le suivant :
Mon Dieu! mon Dieu! quand sera-ce
Que mes yeux verront ta face?

Et les yeux de Sylvain semblaient déjà la voir, car il demeurait perdu comme en une délicieuse et glorieuse vision. Puis, abaissant ses regards sur son vieil ami :

— Cher pasteur, dit-il, bientôt je la verrai, cette face adorable de mon Sauveur, de mon Dieu; je le sens, je le sais. Les beaux jours de l'automne m'ont soutenu; ils vont finir; les feuilles jaunes tombent, et bientôt mon corps aussi retombera froid et inanimé, tandis que mon âme s'envolera vers le trône de grâce.

— Cher enfant, souffrez-vous davantage?

— Non, mais je suis plus faible chaque jour. Je n'ai pu faire hier ce que je pouvais faire la semaine dernière. Chaque jour, mes promenades s'abrègent de quelques pas. Je m'éteins quant à ce monde, pour aller briller ailleurs de la lumière de Dieu. Le monde va

7

disparaître pour moi, et l'on ne m'y verra plus ; mais en Dieu, je vivrai, heureux à toujours. Oh ! comment assez bénir notre adorable Sauveur qui offre un *demain* à notre vie, qui nous assure un radieux avenir ! Sans Lui, qu'aurions-nous à attendre ?

Mais, mon vénérable ami, poursuivit Sylvain avec un profond soupir, qu'il est affreux, qu'il est poignant, même quand on se sait pardonné, de sentir qu'on meurt du coup que l'on s'est donné soi-même ! Quel horrible supplice moral je subis à chacune de mes souffrances, d'avoir à me dire : Oui, c'est parce que tu n'aimais pas Dieu, que, réduit au désespoir, écrasé sous l'opprobre, voyant s'écrouler un doux avenir, tu as voulu témérairement trancher le fil de ton existence, et que tu as lancé vers ton cœur idolâtre et sans foi, cette balle meurtrière qui ne t'a pas tué à l'heure même, mais qui mine et détruit à chaque heure tes forces et ta vie.

Et je meurs ! je meurs victime de fautes dont je suis innocent, mais victime de mon incrédulité, victime de l'exaltation de mes sentiments. Fort de la force de Dieu, j'aurais tout surmonté ; seul, j'ai été vaincu.

Et je meurs malgré tout l'amour qui m'entoure, toute la tendresse, la sollicitude de cœurs exquis. Je meurs à la fleur de l'âge, alors que la vie s'offre à moi si riche encore des plus saintes, des plus douces affections, alors que je vois suspendu à mon souffle le bonheur d'êtres que je chéris plus que moi-même.

Ce n'est donc pas moi seul que j'ai tué, mais elles aussi, ces saintes femmes qui étendent sur moi leurs ailes d'ange !... Ma mère, ma fiancée, Mme de Bernstock, auxquelles je dois joindre M. Varlis, si paternel pour moi.

Ma mère ! — Et Sylvain éclata en sanglots.

— Ma mère, dit-il d'une voix déchirante, qui n'a plus au monde que moi ! Ma mère qui va rester seule avec le poids d'un nom flétri et le poids de deuils multipliés. Ma mère qui succomberait sans sa foi si ferme, si grande, mais qui gravit un nouveau Calvaire. Et Clotilde, ma pauvre Clotilde, ma sœur chérie, que je n'ai pas conduite à Dieu. Pauvre cœur longtemps ballotté entre l'exaltation du bonheur et la révolte, et qui, belle fleur brisée dès l'aurore, nous donne à tous maintenant l'admirable spectacle du triomphe que remporte sa foi sur ses tortures morales, en face de l'écroulement de son bonheur, de notre bonheur! Que de souffrances je vois s'avancer encore vers elle ! Pauvre enfant ! Elle, la bonté, la tendresse, l'amour mêmes, qui ne vit pas pour elle. O mon Dieu ! mon cœur se brise à cette pensée. Soutiens-la, Seigneur, soutiens-la puissamment. Quoi ! Clotilde devra assister à mes derniers instants, me voir pâle, glacé, et puis, et puis... ne trouver plus ici que le vide, le silence, au lieu de mes regards qui toujours la cherchent, au lieu de ma voix qui l'appelle si souvent ! Et je pouvais, malgré tout, la rendre heureuse ! Et j'ai brisé toute cette vie d'amour que je possédais, que je possède à cette heure encore !

Le jeune malade eut un frisson d'horreur et de désolation.

— Calmez-vous, de grâce, calmez-vous, mon cher enfant, dit le vieux pasteur tout tremblant.

— Digne ami, dit Sylvain d'une voix agitée, faites-moi une promesse : c'est qu'après ma mort vous ferez extraire la balle qui me tue, et que vous en ferez don, avec quelques lignes d'explication, aux auteurs de romans ou de pièces de théâtre, qui ont mis le suicide à la mode, et l'ont, hélas ! vulgarisé. Vous leur direz que je meurs pour avoir réalisé ce qu'ils exaltent dans leurs poésies, au lieu d'apprendre à l'humanité à souffrir ; vous leur direz que je leur pardonne, mais que je les conjure de ne plus ainsi enseigner les hommes. Vous leur direz que, dans sa miséricorde, Dieu a sauvé mon âme, mais que mon corps....

Le jeune malade, devenu livide, laissa retomber sa tête sur son oreiller. Le vieux pasteur crut qu'il expirait. Mais ce n'était qu'une syncope telle qu'il en avait souvent. Elle dura peu, et ensuite il tomba dans un lourd assoupissement, accompagné de la fièvre qui lui venait chaque jour à cette heure-là même.

Mme de Bernstock avait passé l'après-midi de cette journée avec Clotilde. La jeune fille était restée d'abord longtemps renfermée dans sa chambre à lire, à prier, puis elle était descendue au jardin, où la vénérable comtesse était venue la rejoindre. Ensuite, elle l'avait amenée un peu dans la campagne, tandis que Mme Estenal restait auprès de son fils et que M. Varlis se promenait avec le pasteur et son neveu.

Tout le monde se retrouva pour l'heure du dîner à la villa, et, tandis que les deux Messieurs entraient dans la maison, M. Varlis, fatigué de la promenade, s'assit sur un banc.

Clotilde s'élança vers lui, et, lui sautant au cou, s'écria :

— Cher papa, il me semble que je t'aime encore plus aujourd'hui, en ce jour de bénédictions célestes.

— O mon enfant ! dit le vieillard, que ta tendresse m'inonde d'une douce joie ! Je l'avais perdue et Dieu me la rend, non sans bien des luttes que j'ai suivies, malgré tes efforts, ma pauvre petite.

Clotilde ne répondit que par ses baisers sur les cheveux blancs du vieillard.

L'accès de fièvre de Sylvain était dissipé et le sommeil lui avait rendu un peu de force et beaucoup de calme. Il voulut se lever pour assister au repas.

— C'est un si beau jour, dit-il, qu'il mérite qu'on fasse quelques efforts en son honneur, et qui sait ? ajouta-t-il plus bas — mais Gérald l'entendit — si nous nous retrouverons tous encore à cette table.

Après le dîner, on pria Clotilde de jouer quelques mélodies, puis on chanta divers cantiques.

— Cher pasteur, dit Sylvain, avant que j'aille me reposer, lisez-nous, comme vous seul savez lire, lisez-nous, car on ne pourrait le chanter, le cantique de Vinet.

Il passa un frisson dans la petite assemblée.

— Oh ! oui, lisez-le-nous, dit M. Varlis.

Et comme le pasteur prononçait ces paroles :

Qu'il est doux dans les Cieux, le réveil des fidèles !

— Oh ! oui, bien doux, murmura le vieillard, ne croyant pas être entendu de Mme de Bernstock, placée prés de lui.

On se retira de trés bonne heure, l'âme édifiée, remplie de la paix de Dieu.

Le lendemain matin, Clotilde se leva et s'habilla de bonne heure pour être au salon au moment habituel du départ de son pére pour Paris, et, comme elle entendait une domestique apporter le chocolat du vieillard, dans la salle à manger :

— Il me semble, dit-elle, que mon pére descend bien tard ce matin.

— Oui, Mademoiselle, tous ces derniers lundis, M. Varlis me disait de hâter le déjeuner, craignant toujours de n'être pas prêt pour le passage de l'omnibus du chemin de fer.

Clotilde alla regarder l'heure à l'horloge de la villa, et, la voyant encore plus avancée qu'à sa montre :

— Ne serait-il point souffrant ? s'écria-t-elle en s'élançant vers l'escalier comme une flèche ; et, quelques secondes après, elle frappait à la porte de son père. Elle frappa plusieurs coups précipités et n'obtint pas de réponse.

— Mon père serait-il déjà sorti ? dit-elle à la domestique, qui, inquiète, l'avait suivie.

— Oh ! non, Mademoiselle, voyez ses bottines, et voilà son chapeau et sa canne au porte-manteau. D'ailleurs, la porte est fermée en dedans.

— Mon père ! mon père ! ouvrez-moi, de grâce ! disait Clotilde en gémissant et en secouant la porte. Plus elle faisait de bruit, plus son cœur se glaçait, en n'obtenant aucune réponse.

Pendant ce temps, la domestique avait couru chercher Mme de Bernstock, qui, se levant en sursaut, et passant une robe de chambre, arriva en quelques instants à la chambre du vieillard.

— Vite le concierge ! qu'il ouvre de force cette porte ! cria-t-elle.

Le concierge se hâta de venir avec un levier ; il ouvrit la porte.

Plus mortes que vives, Clotilde et Mme de Bernstock se précipitèrent dans la chambre.

M. Varlis semblait dormir. Mme de Bernstock saisit une de ses mains ; elle était glacée.

Clotilde comprit tout, et, poussant un cri déchirant, elle se jeta sur le visage pâle et calme du vieillard.

Les domestiques et les voisins s'étaient mis à la recherche d'un docteur, qui entra peu après. Du premier coup-d'œil, il vit bien la vérité, mais il commença cependant un examen long et attentif, appliquant son oreille sur ce cœur qui ne battait plus, faisant passer devant les lèvres ouvertes un miroir qui ne fut pas terni par la respiration, éteinte à jamais. Il releva lentement la tête et regarda Clotilde avec une compassion profonde.

Elle avait suivi, en retenant son souffle, l'examen du docteur, voulant encore espérer, douter de son malheur; mais ce regard lui ravit sa dernière espérance, et, tombant à genoux, elle s'écria : Orpheline! ô mon Dieu!

On l'entraîna hors de la chambre, presque sans connaissance. Elle se retrouva dans les bras de Mme de Bernstock, et, sur le cœur si aimant, si tendre, de cette noble femme, qui avait tant souffert, elle pleura longtemps, jusqu'à ce que, peu à peu, envahie par une sorte de torpeur, elle tomba dans un lourd sommeil. On la mit au lit. Le soir, elle se leva pour aller voir son père. Elle trouva près du lit, Sylvain, qui s'y était fait transporter, et debout, à côté de lui, M. de St-Almer et son oncle. A son entrée, M. de St-Almer s'inclina profondément, et, par discrétion, sortit aussitôt.

Avec une ineffable douleur, Sylvain la regarda, en serrant ses deux mains dans les siennes, et le vieux pasteur tombant à genoux, d'une voix remplie de larmes, bénit Dieu d'avoir donné la victoire au vieillard, qui venait, selon le souhait de Siméon, de s'en aller en paix après avoir vu son salut. Puis, il implora du Père céleste, pour l'orpheline, la force de supporter tant d'afflictions.

VI.

Octobre allait finir. Les matinées et les soirées étaient très fraîches. Vers le milieu du jour, il y avait encore des heures de soleil. Parfois, Sylvain faisait quelques pas, soutenu par Gérald de St-Almer, ou le vieux pasteur; leurs pieds foulaient les feuilles mortes qui jonchaient les allées.

— Je tombe avec elles, disait un jour avec douceur Sylvain à son ami.

— Et moi, je mourrai quand ces arbres reverdiront, cher Sylvain.

— Quoi ! cher M. Gérald ?

— Oui, Sylvain, je n'en doute pas, et même je le sais.

— Cher frére ! dit le jeune Estenal avec une ineffable tendresse.

— Quoi qu'il arrive, reprit Gérald, nous avons, oui, nous avons la vie éternelle. L'apôtre ne dit pas : vous aurez, mais vous avez la vie éternelle.

— A quel degré de bonheur inespéré, de gloire incompréhensible, l'homme arrive par le salut de Jésus-Christ, dit Sylvain de sa voix faible et haletante.

— Oui, reprit Gérald, ainsi que nous le disait mon oncle, l'autre soir, en méditant la première épître de St-Jean, « ce que nous serons n'a pas encore été manifesté. »

— Et l'apôtre termine par ces mots insondables, dit Sylvain : « Lorsque Jésus apparaîtra, nous lui serons faits semblables, parce que nous le verrons tel qu'Il est, et quiconque a cette espérance en Lui se purifie soi-même comme Jésus-Christ est pur. »

— Lui être faits semblables ! répéta Gérald d'une voix grave et lente, comme se parlant à lui-même et cherchant à sonder ces mystères d'amour et de gloire, dans lesquels, nous est-il dit, « les Anges désirent de voir jusqu'au fond. »

Le bruit de pas qui, en s'approchant, faisaient crier le sable et les feuilles d'une allée rejoignant la leur, fit retourner la tête aux deux jeunes gens.

Clotilde, dans ses longs vêtements de deuil, arrivait du fond du jardin, appuyée sur le bras de Mme Estenal.

Sylvain s'émut à cette vue et murmura :

— Elle apprend auprès de ma mère comment on supporte le martyre. Orpheline... et bientôt navrée, isolée comme une veuve ! Son pauvre père ! Dieu l'a pris doucement, sans bruit, nous ne l'avons plus trouvé. En peu de jours, il avait mûri pour le Ciel qui l'appelait. Il s'est endormi, et, pendant ce sommeil, son âme est partie pour le séjour qu'elle habitait déjà par la foi et les souhaits remplis d'une si touchante ferveur. Quelle belle mort, *quand on est prêt !*

— Ce bon vieillard avait, je le crois, le pressentiment de son prochain départ, dit M. de St-Almer. Dans la promenade que nous fîmes ensemble dimanche dernier, veille de sa mort, il y fit allusion plusieurs fois. Vous savez aussi ce que tous ses ouvriers et employés qui sont venus si désolés ici pour assister à ses funérailles, nous ont dit de la petite fête de famille qu'il leur avait donnée, de tout ce qu'il leur avait dit alors ; mais ce qui avait surtout frappé ces braves gens, et, pour moi, ce qui m'avait aussi frappé si vivement, c'était sa joie, son air d'allégresse au milieu de circonstances si douloureuses. Son regard était grave et rayonnant tout à la fois. Le bonheur de se savoir racheté éternellement et de s'unir visiblement à son Sauveur et à ses frères, dans le sacrement de la sainte Cène, avait été pour ce cher vieillard la porte des Cieux ; mais, en outre de ces joies inexprimables, il y avait, je crois aussi, pour lui, comme je vous le disais tout à l'heure, un secret pressentiment qui est accordé à quelques-uns : cette vue de la patrie, de la Canaan céleste, au moment de passer le Jourdain. Puissions-nous, comme notre vieil ami, laisser, en disparaissant, une trace lumineuse.

— Et penser, dit Sylvain, que ce vieillard, tout absorbé, il y a quelques mois encore, par les intérêts d'ici-bas, converti, vivifié par la grâce d'en-haut, il n'y a que peu de semaines, est à présent devant Dieu, goûte sa joie, sa paix, et repose, oui, repose bien réellement sur le sein de Jésus. De quel respect, de quel amour, de quelle sollicitude ne devons-nous pas nous entourer les uns les autres, nous qui touchons tous à l'éternité, qui n'en sommes séparés que par un fil !

En ce moment, Clotilde et Mme Estenal arrivaient à pas lents au rond-point où étaient assis les deux jeunes gens. M. de St-Almer se leva aussitôt, alla à leur rencontre. Les dames s'assirent sur un banc, proche de celui que Sylvain occupait.

La comtesse de Bernstock avait, d'une fenêtre de la maison, suivi des yeux les dames dans le jardin et les deux amis dans leur entretien ; elle avait craint de les déranger en venant se mettre en tiers avec les uns ou avec les autres ; mais quand elle les vit réunis, elle se joignit aussitôt à eux.

Il y eut un moment de silence, tant les cœurs étaient pleins. Mme de Bernstock le rompit en demandant à M. de St-Almer des nouvelles de son oncle. Le jeune homme lui répondit avec un regard significatif :

— Mon oncle est allé passer la journée à Paris, afin de s'acquitter d'une commission dont l'avait chargé notre cher et vénérable ami, M. Varlis.

Clotilde et Mme Estenal savaient que le digne vieillard, avant de participer à la communion, avait été dans la prison voir M. Estenal, et l'avait recommandé au pasteur ; elles relevèrent vivement la tête et regardèrent Gérald.

Quant à Sylvain, son front pâle reposait sur sa main; il était si faible, si accablé, qu'il ne vit pas les regards qui s'échangèrent.

— Je suis triste quand il s'éloigne, dit-il seulement d'une voix faible. Oh! je vous aime tant, tous, tous, continua-t-il en relevant la tête et en promenant le regard grave et profond de ses beaux yeux bleus sur les quatre êtres chéris qui l'entouraient. — Je suis si faible que bientôt je ne pourrai plus que vous répéter : « Dieu est amour, et je vous aime. »

Comme il prononçait ces derniers mots, la petite porte du jardin s'ouvrit, et le vieux pasteur entra. Sylvain lui tendit ses deux mains avec un regard filial. Le pasteur tressaillit involontairement et répondit cordialement à l'étreinte de Sylvain, qui répéta :

— Oui, je vous aime et je vais, et nous allons tous vers le séjour de l'amour, de la vie, dont la vie et l'amour d'ici-bas ne sont que de suaves reflets.

Peu d'instants après, Sylvain dit :

— J'ai un peu froid. Je vais rentrer à la maison. Novembre fait sentir son approche.

Et, jetant un long regard sur le jardin, sur les arbres, il fit un signe à Gérald, qui s'élança vers lui pour lui offrir son bras.

Mais ce jour-là, il ne suffit pas, et Sylvain fit signe aussi, avec un triste sourire, au vieux pasteur, d'aider à le soutenir. Il rentra ainsi presque porté par ses deux amis.

La pauvre mère, à cette vue, saisit la main de Mme de Bernstock, et, se détournant, dit d'une voix étouffée :

— Oh ! voir mourir son enfant, son dernier enfant ! O mon Dieu !

Clotilde, glacée, suivait en silence.

Quand ces Messieurs eurent conduit Sylvain à sa chambre, où ils le laissèrent aux soins de sa mère et de la gardienne, tandis que Clotilde courait s'enfermer dans sa chambre pour souffrir librement, le vieux pasteur redescendit aussitôt l'escalier avec Gérald, et lui dit :

— J'ai deux nouvelles à t'apprendre, et fort différentes l'une de l'autre. D'abord, je te dirai que lorsque j'ai été voir ta tante, la baronne de C..., elle m'a dit qu'elle est fort préoccupée à ton sujet ; elle craint que tu sois atteint du spleen, si tu restes ici, et m'a exprimé le désir de partir avec moi pour venir te voir. Je l'ai donc amenée ; tu la trouveras à la maison.

— Ah ! quelle surprise !

Et comme ils rejoignaient Mme de Bernstock restée au rez-de-chaussée pour donner quelques ordres aux domestiques, le pasteur continua :

La seconde nouvelle, Gérald, et que j'ai à vous apprendre aussi, Madame, est que *ce misérable* a réalisé ce qu'il avait annoncé à M. Varlis. A prix d'or (car il est de ceux qui en ont toujours à leur disposition), à prix d'or, il a gagné un des gardiens de sa prison préventive, et il est en fuite.

— Est-il possible ? s'écrièrent à la fois la comtesse et Gérald.

— C'est ainsi.

Gérald rentra chez lui à l'heure du dîner, un peu après son oncle. La baronne de C... le reçut à bras ouverts, en lui disant :

— Eh bien ! mon beau neveu, vous devenez donc ermite ! Qui l'eût cru jamais ? Et vous ne vous êtes guère hâté de venir me souhaiter la bienvenue, petit méchant !

— C'est que j'étais auprès d'un malade.

— Ah ! oui, ton oncle m'a raconté cela. Toute une histoire extraordinaire et bien triste.

— Mais éclairée par la lumière du Ciel, dit Gérald.

On vint annoncer le dîner, et pendant toute sa durée la baronne ne cessa d'entretenir son neveu des fêtes que l'on avait données dans les divers châteaux amis, de celles que l'on préparait, des toilettes de Mmes ***, des attelages splendides du jeune baron de V..., de l'accident de chasse du marquis de T..., de la mésaventure de M. de L..., de la rencontre à l'épée du jeune capitaine M... avec un journaliste de province, du prochain mariage de Mlle Blanche de V... avec le vicomte de R..., de la mort du vieux M. de J..., qui, à l'étonnement de tous, avait fait son légataire universel un très arrière-petit-neveu, oublié au fond de la Bourgogne.

La baronne parlait sans interruption, et les deux Messieurs, abasourdis, la laissaient déverser le trop-plein de son cerveau, rempli de ces mille bruits du monde, qui nous apportent, avec les éclats de rire et les accords des bals enivrants, tant de cris de souffrance, d'orgueil ou de haine.

De temps à autre, Gérald, par politesse, mettait un : — Ah ! vraiment ! — un : — Cela peut être ; — ou s'informait avec intérêt de quelques-uns de ses anciens amis.

C'était en vain que le jeune homme et le vieillard cherchaient à jeter une parole chrétienne au milieu de ce flot de nouvelles et de propos légers. Il y a de ces mondains si envahissants, que l'on est contraint de ne plus leur barrer le passage, en sorte qu'on a l'air mondain soi-même en les écoutant. Prier mentalement pour eux est ce qu'il y a de mieux à faire, et les aimer, les entourer de bienveillance, car, tout en parlant, ils observent tout.

Après le repas et après une heure donnée aux égards dûs à une tante affectionnée, quelle que fût sa mondanité, Gérald, préoccupé de l'air affaissé de Sylvain au retour du jardin, revint à la villa pour avoir de ses nouvelles. On lui dit qu'il était très souffrant.

Peu après, Sylvain eut une violente hémorrhagie, dont le docteur fut très alarmé. Gérald sentit son cœur se briser en ce moment terrible ; il aida à mettre au lit le jeune malade et revint tout bouleversé auprès de son oncle, l'avertir qu'il voulait passer la nuit avec Sylvain.

— Je ne puis te permettre cela, Gérald, dit le vieux pasteur avec tristesse. Ta santé est trop ébranlée pour supporter une veille, et une veille de cette nature. Mon devoir de père est de m'opposer à ce désir qui t'honore, qui m'émeut, mais que je ne puis te laisser réaliser.

— O mon oncle, je vous en conjure, s'écria Gérald, ne me refusez pas !

— Hélas ! cependant, je te refuse, dit le vieux pasteur avec fermeté. C'est moi qui vais aller veiller Sylvain, et je te promets..... que..... (Il n'osait formuler sa pensée) si je vois du plus mal, je t'enverrai avertir.

— Mon oncle, de grâce, laissez-moi vous accompagner !

Si vous l'exigez, je m'étendrai sur une chaise longue, bien enveloppé, comme couché ; mais que je sois là, auprès de mon ami. Je ne me consolerais jamais si je n'étais pas avec lui..... quand.....

— Gérald, dit le vieillard d'une voix pleine de larmes, je dois te le dire, en sortant de la villa le docteur a passé ici et m'a dit qu'il croit que Sylvain peut encore vivre une semaine ; ainsi, pour cette nuit au moins, laisse-moi seul aller à la villa ; et, puisque tu tiens absolument à y passer la nuit, je parlerai à Mme Estenal pour qu'elle fasse disposer dans la petite chambre proche de celle de Sylvain un lit avec des rideaux, afin que tu puisses y coucher demain soir. Tu as des transpirations toutes les nuits ; cela exige de grandes précautions, il faut que tu sois dans un lit confortable. Tu le vois, je ne puis mieux concilier ton désir avec les soins dont je dois entourer ta santé.

Mais Gérald ne l'écoutait plus. La tête dans

ses deux mains, il sanglotait. Les premières paroles de son oncle l'avaient transpercé comme une lame. Le docteur avait dit que Sylvain passerait tout au plus la semaine. Cet arrêt, calme, ferme, assuré, lui causait une douleur plus amère que toutes ses craintes pour lui-même, car de telles craintes sont toujours mélangées, à notre insu, de tant d'espoirs ! Mais l'arrêt qui tombe lourdement sur une vie qui nous est plus chère que la nôtre, tombe sur notre cœur et le broie.

Huit jours ! Mais c'eût été un siècle, il y a quelques heures, pendant l'hémorrhagie de son ami, où il craignait à tout instant de le voir expirer. Huit jours ! c'était aussi un siècle, en comparaison de cette nuit entourée de tant d'appréhensions ! Mais des... *peut-être*, pleins d'espoir et de bonheur, se glissaient au milieu de toutes ces angoisses.

Et chacun de nous, même d'entre les plus forts, ne peut-il mourir la nuit suivante ? C'est la loi humaine. L'être chéri et mourant n'est donc pas dans un état si différent du reste des humains.

Mais entendre là, dans le calme, en quelques mots, que cette vie à laquelle la vôtre est suspendue, n'a plus certainement que quelques jours de durée, que dans huit jours tant de bonheurs auront disparu, que tout sera fini, oh ! c'est là une souffrance si horrible, que ceux-là seuls qui l'ont endurée peuvent la comprendre.

En ce moment, Gérald saignait sous son étreinte cruelle, et brisé, anéanti par la douleur, il ne put dire au vieux pasteur que ces mots :

— Eh bien ! mon oncle, faites ce que vous voudrez.

Gérald demeurait pâle, affaissé sur un fauteuil, et son vieil oncle passait un pardessus pour se rendre à la villa, lorsque la porte s'ouvrit et la baronne de C... entra.

C'était une femme de cinquante-cinq ans environ, grande, très maigre, à l'expression hautaine. Elle s'avança vers eux à pas rapides, en leur disant :

— Qu'est-ce que j'apprends ? Que le jeune malade pour lequel mon neveu a pris un si grand enthousiasme, ne passera probablement pas la nuit, et que Gérald a dit à son valet de chambre de se préparer à l'accompagner, parce qu'il va, lui, souffrant comme il l'est, passer chez ces gens cette terrible nuit !

Mon cousin, dit-elle avec amertume au vieux pasteur, vous ne permettrez pas cela !

Et, sans lui donner la possibilité de placer un mot pour la rassurer, au milieu de ce déluge de paroles, elle poursuivit :

— Vous n'avez que trop de reproches à vous faire, comme je vous l'ai dit, d'avoir laissé Gérald se lier si intimement avec des gens qui ne sont pas de notre monde, à l'exception de cette pauvre illuminée comtesse de Bernstock, à laquelle les chagrins ont tourné la cervelle, avec des gens même peu honorables, du moins par le nom. Vous n'avez que trop de reproches à vous faire d'avoir laissé votre neveu visiter journellement un malade et s'attrister dans un tel genre de vie, quand *tout Paris* le réclame dans ses châteaux, pour ses fêtes d'automne, où lui, si élégant cavalier, musicien consommé, causeur charmant, fait un vide immense. Tout le monde me l'a dit, et demain je vous montrerai toutes les invitations qui ont plu chez moi à son adresse et que je lui ai apportées.

Dans l'état de marasme où il était déjà à Paris quand il me quitta pour venir se cloîtrer ici, dans un tel état, dis-je, il faut beaucoup de distraction, de plaisir, de bruit, de fêtes, et, au lieu de cela, mon cousin, vous en avez fait un infirmier. Je vous le déclare, demain matin, j'emmène Gérald avec moi à Paris. Je ne veux pas qu'il reste pour toutes les tristes scènes qui se préparent chez *vos singuliers amis*, et je rends mon neveu au monde qui le réclame. Et pour tout vous dire, je n'ai pas perdu mon temps en son absence. Je lui ai frayé les voies d'une alliance splendide, qui dépasse même mes espérances pour ce fils de ma sœur chérie. Je suis en pourparlers avec le vieux marquis de Kerdrec, et il va nous accorder pour Gérald la main d'Yseule d'Eveguyen, fille et orpheline du duc de ce nom, et héritière du marquis de Kerdrec. Ainsi Gérald entrera dans une des plus anciennes familles de Bretagne. En l'absence d'héritiers mâles, l'héritière des ducs d'Eveguyen apporte ce titre à son époux.

L'évêque de Vannes, oncle maternel de la mariée, bénira cette union, et la famille ne refuse pas qu'elle ait aussi (un peu en catimini) la vôtre, mon cher cousin, bien que Gérald doive faire toutes les concessions, bien entendu, à l'égard du futur duc d'Eveguyen.

Ainsi donc, j'emmène demain Gérald à Paris, et la chose ira rondement, je vous l'assure. Alors tomberont des bruits qui m'ont vivement froissée, bruits de valetaille, il est vrai, concernant la passion qu'aurait prise Gérald pour une jeune fille extraordinairement belle, musicienne d'élite, ayant une certaine instruction et quelque fortune, mais appartenant au populaire et dont le père vient de mourir. On dit que lorsque le pauvre fiancé...

Gérald, longtemps abasourdi par ce torrent de paroles qui tombait avec fracas, Gérald, à ces dernières paroles, fit explosion, et, bondissant vers sa tante, il s'écria :

— Ma tante, à mon tour de parler enfin, je vous prie. Je suis arrivé ici, comme vous l'avez dit, dans un état de marasme, de désenchantement complet, sans joie, sans paix, sans espérance éternelle. J'ai trouvé le salut de mon âme et le bonheur auprès du jeune malade, hélas ! du jeune mourant, à cette heure ! Je vis là, auprès de lui, dans une atmosphère céleste, car, chose rare, toutes les personnes réunies à la villa ont réellement leur vie en Dieu.

Que me parlez-vous de projets terrestres, à moi qui dois bientôt mourir, je le sens, et même *je le sais,* car j'ai entendu un jour, à travers une portière, le docteur dire à M. de Mauglin : « M. de St-Almer passera l'hiver peut-être, mais mars l'emportera. »

— Gérald ! s'écrièrent en même temps avec douleur le vieux pasteur et la baronne de C...

Gérald poursuivit :

— D'ailleurs, quand je recouvrerais la santé, je vous déclare ici solennellement que je consacrerais complétement ma vie au Seigneur. Je ne me prêterais pas au plan d'avenir déroulé par ma tante. Je me vouerais spécialement à l'évangélisation de notre pauvre et chère France.

— Gérald, perds-tu la tête ? s'écria la baronne de C., exaspérée. Tu vas d'un extrême à l'autre. Voilà : j'ai gémi de ton incrédulité, de tes sarcasmes à l'égard de la foi chrétienne. Je te disais qu'il fallait avoir une religion, et maintenant que je suis bien aise de te voir posséder les croyances d'un vrai gentilhomme, voilà que tu me parles de te faire évangéliste ! Va, tu n'es qu'un pauvre exalté, mon enfant.

— Ma tante, Jésus-Christ s'est sacrifié entièrement pour nous ; nous devons en retour nous donner aussi entièrement à Lui. C'est notre bonheur, notre privilége, notre gloire. Ah ! son amour a donc été *bien exalté* à Lui, de venir souffrir et mourir pour de misérables pécheurs qui l'avaient offensé !

La baronne l'interrompit.

— Oui, oui, je vois ton plan : une idylle, n'est-ce pas, Gérald, qui va à ton imagination poétique. Tu te fais évangéliste, et dans quelques années tu épouses la belle jeune fille, dont le fiancé...

— Ma tante !. s'écria Gérald, à cela je ne répondrai pas. Tout ce que je puis vous dire, c'est que Dieu sait, mon oncle sait, qu'aucune pensée terrestre ne m'a porté vers la villa, que j'y vais comme on va dans les parvis de l'Eternel, pour contempler sa grâce et sa gloire, pour chanter ses louanges avec ses bien-aimés. Je résume ma pensée, ma tante, en ceci :

J'ai été à la villa pour apprendre à vivre, et j'y vais maintenant pour apprendre à mourir.

En disant ces mots, Gérald s'inclina profondément devant sa tante, tendit sa main en silence au vieux pasteur et sortit du salon d'un pas ferme.

La nuit de Sylvain fut meilleure qu'on ne l'avait espéré et la journée du lendemain aussi. Gérald la passa toute à la villa, sauf aux heures des repas. Sa tante, fort contrariée de ses refus et du nouveau courant de ses idées, repartit pour Paris dans l'après-midi.

Le vieux pasteur et lui l'accompagnèrent à la gare et cherchèrent par mille égards affectueux à la dédommager de sa déception.

D'ailleurs, sans vouloir le dire, elle avait été frappée au cœur par l'aspect maladif de son neveu chéri, son élève, son héritier, sur lequel elle avait placé tout son espoir ; elle avait été frappée aussi de l'expression si grave et si sereine de son visage, d'ordinaire si triste et sur lequel errait toujours autrefois une sorte de sourire sceptique. Les yeux de cette femme altière étaient pleins de larmes, quand elle l'embrassa en montant en wagon.

Selon le désir de Gérald, Mme Estenal et le vieux pasteur disposèrent ensemble son installation pour la nuit suivante. Cette nuit-là fut assez agitée, mais on ne crut pas nécessaire de faire lever Gérald. La journée fut calme, mais il était évident que les forces du malade déclinaient de plus en plus, que littéralement il s'éteignait sans souffrances vives, comme une lampe qui n'a plus d'huile.

Le matin du sixième jour, il éprouva une sorte de bien-être, que des personnes inexpérimentées eussent pu prendre pour du mieux ; mais son visage était extraordinairement altéré. Il fit réunir tout son cher monde auprès de lui. Le soleil se levait. Tout-à-coup, il le regarda en disant :

— Je ne le verrai pas coucher. Je vais voir le soleil de justice.

Puis, joignant ses mains, il murmura :

— Agneau de Dieu, qui ôtes le péché du monde, tu as lavé dans ton sang tous mes péchés si grands, si grands, oh ! ils me semblent de plus en plus grands, mais ton amour est encore plus grand.

Il s'assoupit. Le docteur tenait dans sa main le poignet amaigri du malade, et, le visage angoissé, il en suivait les pulsations.

Sylvain rouvrit les yeux ; il tendit ses mains vers sa mère et Clotilde, regarda aussi ses trois autres amis et murmura :

— Oui, Dieu est amour. Nous serons pour toujours unis dans le Ciel.

— Mon fils ! mon fils ! s'écria Mme Esténal d'une voix déchirante, en embrassant, dans une sorte de délire, le beau front pur et les cheveux blonds de Sylvain. — Mon fils ! Mon Sylvain !

Clotilde, prosternée, couvrait de baisers la main défaillante de son fiancé. Muette, sans larmes, elle se sentait mourir et croyait, espérait, que cette fois les liens de sa vie allaient être rompus.

Par un instinct douloureux et touchant, Gérald s'était réfugié auprès de Mme de Bernstock, et, comme un fils, il appuyait sa tête sur l'épaule de la sainte femme.

Le vieux pasteur soutenait le malade.

Sylvain eut quelques secondes de lutte ; puis il se fit un grand calme ; puis sa respiration devint courte, serrée ; puis il y eut un long et profond soupir ; puis sa douce et belle tête retomba sans vie dans les bras de sa mère et du vieux pasteur.

Clotilde jeta un cri, un seul, mais si navrant, si terrible, que tous en frissonnèrent.

Sa mort commençait à elle, condamnée à vivre.

VII.

Décembre a dépouillé de ses dernières feuilles les charmants bocages de Montmorency.

Dépouillés comme eux, trois êtres malheureux s'entretiennent un soir autour de la cheminée de ce salon tout rempli du souvenir de Sylvain.

Les trois amis parlent à peine, échangeant quelques mots de temps à autre, pour rompre un silence trop navrant.

Un coup de sonnette retentit à la porte du jardin et les fait tressaillir. Peu après, M. de St-Almer et son oncle sont introduits.

Le vieux pasteur paraît soucieux et sombre; enfin, après quelques instants donnés à diverses informations, il dit d'une voix altérée, s'adressant surtout à Mme Estenal :

— Je viens de lire dans un journal un article que je dois vous communiquer.

— Ah ! mon Dieu ! qu'est-ce encore ? sécria l'infortunée, toute tremblante.

— Le voici, dit le vieux pasteur. — Et il lut en baissant la voix et la rendant presqu'inintelligible aux mots trop poignants à ouïr, l'article suivant publié par un journal du soir et emprunté à un journal de New-York :

« Un événement tragique a eu lieu ces
» jours-ci dans le port. Un escroc français,
» du nom d'Estenal, qui venait, fort habi-
» lement, paraît-il, de s'échapper d'une
» prison préventive de Paris, et avait réussi
» à gagner un port de mer où il s'était
» embarqué pour les Etats-Unis, s'est pris
» de querelle sur le quai avec un des passa-
» gers, qui n'ignorait pas ses antécédents.
» Voyant que cet homme irrité allait pro-
» noncer des paroles qui le feraient découvrir,

» le misérable lui a sauté à la gorge, cherchant » à l'approcher du bord, puis tout-à-coup, se » dégageant de son étreinte, il le poussa » dans le vide ; mais à ce moment, cet » homme, par un mouvement désespéré en » avant, saisit le pan du manteau du meur- » trier et l'entraîna avec lui dans la mer. » Cette scène, qui n'avait duré que quelques » secondes, avait eu des témoins. Aussitôt » on mit tout en œuvre pour retirer ces deux » hommes. On parvint à retrouver la victime, » qui donnait à peine quelques signes de vie, » mais qu'on put ranimer peu à peu et qui » a fourni les détails qui précèdent. Quant » au misérable escroc, son corps n'a pu être » retrouvé ; il aura glissé sous un des nom- » breux navires qui remplissent le port. — » La justice de New-York a informé du fait » le parquet de Paris. »

Mme Estenal, qui avait comprimé de sourds gémissements, éclata en cris et tomba dans une attaque de nerfs, après laquelle elle s'évanouit.

On la mit au lit ; elle y resta deux jours, pendant lesquels, est-il besoin de le dire ? Clotilde l'entoura de soins et de tendresse pour elle et pour Sylvain, dont elle était le seul et précieux legs ; de même que le Sauveur mourant n'eut à donner que Jean à Marie et que Marie à Jean.

Elle avait paru entre la vie et la mort ; puis elle revint graduellement à son état habituel, qui n'était ni la santé ni la maladie, mais dont elle triomphait par une rare énergie.

Elle avait supporté sans broncher la perte de l'être qu'elle chérissait le plus au monde, car elle l'avait vu s'envoler comme un ange radieux.

Mais elle avait été absolument terrassée par le récit de la hideuse et satanique scène de New-York ; il s'en était peu fallu qu'elle succombât. Elle disait tout bas à la comtesse de Bernstock, un jour, au moment où Clotilde venait de sortir, car elle eût craint que ses paroles décourageassent la pauvre enfant :

— Voyez-vous, le proverbe est vrai : « Le chagrin tue les hommes et nourrit les femmes. M. Varlis, en peu de temps, a succombé à ses afflictions, et nous deux nous vivons, nous qui sommes torturées depuis tant d'années. »

— Oh ! quel mystère que la souffrance, le mal, la douleur, dit Mme de Bersntock, et que nous avons souvent besoin de lire et relire les premiers chapitres du livre de Job, qui nous donne la clé de l'horrible énigme. O ma chère Elisa ! quel bonheur quand l'ennemi de nos âmes, le Destructeur, le Cruel, Envieux de la félicité des humains, aura enfin été terrassé et jeté dans l'abîme ! Il est vaincu *de fait* par Jésus, qui a triomphé de lui par sa glorieuse résurrection, écrasant ainsi de son puissant talon la tête du serpent ; mais, de même qu'il a fait souffrir, qu'il a persécuté le Saint et le Juste, il lui est permis, en vue de desseins insondables, mais qu'un jour nous comprendrons et nous adorerons, il lui est permis de faire parfois souffrir spécialement les rachetés, et il redouble de fureur, sachant, comme il est écrit, « sachant qu'il ne lui reste que peu de temps. » (Apoc. XII, 12.)

Clotilde entra un instant et sortit peu après.

— Pauvre enfant ! murmura Mme Estenal. Calme, énergique, s'oubliant pour tous, elle qui autrefois était agitée, esclave de ses impressions et absorbée par elle-même jusque dans son dévouement. Mais ce n'est pas sans luttes ni amères souffrances.

— Je le vois bien, hélas ! dit Mme de Bernstock, et je me dis souvent en pensant à ceux qui veulent prétendre que l'*épreuve fait du bien*, que serait devenue cette enfant en proie à de tels malheurs, si la grâce de Dieu n'eût surabondé en elle ? *Le malheur seul* réduit souvent l'homme à l'état de démon. Oui, l'homme que l'on croyait le plus doux et le meilleur ; et ce n'est que lorsque l'amour de Dieu descend comme une semence précieuse dans cette terre labourée, qu'on y voit apparaître des fruits de paix et de vie. Oh ! oui, le malheur *seul* est effrayant.

Peu après, Gérald entrait ; il était plus maigre et plus pâle. Il embrassa comme un fils la comtesse de Bernstock et Mme Estenal et s'informa de Mlle Varlis. Chaque jour, il venait passer une partie de l'après-midi à la villa. Ensemble, on parlait de celui dont la perte avait brisé les cœurs de tous, de ce Sylvain tant aimé ; puis Gérald cueillait quelques fleurs dans la serre, quelque verdure au jardin, et portait la petite gerbe sur le tombeau de son ami.

Tous les matins, de très bonne heure, quelque temps qu'il fît, Clotilde allait couvrir de fleurs, malgré la saison contraire, cette tombe chérie et celle de son père.

Un jour, Gérald lui dit en sortant du jardin :

— Quand le printemps viendra et que les fleurs abonderont, vous en aurez bien quelques-unes pour ma tombe aussi, n'est-ce pas ?

Clotilde ne lui répondit que par des larmes, puis elle lui dit :

— Quoi ! vous aussi, M. Gérald ?

— Ne le voyez-vous pas?

— Oh! que vous êtes heureux, vous, de partir si vite, d'aller jouir de la paix de Dieu et revoir ceux qui vous ont précédé auprès de Lui!

— Et qui peut m'assurer, Mademoiselle, dit Gérald d'une voix grave, que je reverrai, aussitôt ma mort, ceux que j'ai tant aimés ici-bas? Des siècles s'écouleront peut-être avant que je les revoie et pendant lesquels je serai seul avec mon Dieu. Mais quel que soit l'amour immense que j'ai donné ici-bas, Dieu me suffira. Mon âme a soif de Lui et l'adore, Lui, mon Créateur et mon Sauveur mort pour moi. Je m'écrie : « Quel autre ai-je au Ciel que Toi? »

Quel que soit le moment où Dieu nous réunira à nos bien-aimés, époque qui peut varier selon les êtres, époque que nous ignorons, je crois qu'il nous est bon de nous représenter la possibilité d'une immense période s'écoulant pour nous, seul avec Dieu, seul avec notre Sauveur, afin de bien sonder nos sentiments, de voir si nous ne nous faisons point d'illusions, si nous ne prenons point pour de la piété et des aspirations célestes, le désir intense, le désir, assurément pur et légitime, d'être réunis dans la paix à nos bien-aimés ; car l'idolâtrie se glisse dans nos cœurs par mille portes dérobées, inconnues.

Toutefois, ajouta Gérald d'une voix émue, croyez que tout en envisageant cette possibilité qui devient une pierre de touche pour nos sentiments chrétiens, comme je vous l'ai dit, croyez bien que j'espère, que je suis persuadé que Dieu nous réserve des surprises et des bonheurs, que nous ne pouvons même pas imaginer, du fond de cette vallée de larmes.

— Oui, je vous comprends, murmura la jeune fille, les yeux pleins de larmes.

— Pauvre sœur, courage ! dit Gérald.

Et, ouvrant la petite porte du jardin, il sortit.

VIII.

. . . .

Mai couvre la terre de fleurs. De suaves parfums embaument les airs. Les oiseaux chantent l'hymne de la résurrection, et mille insectes bourdonnent joyeux dans l'atmosphère.

Seuls, au milieu de tous ces bonheurs, les cœurs désolés souffrent et gémissent ; ils ne trouvent plus le soleil brillant, ni doux le parfum des corolles qui s'entr'ouvrent.

Aux premières heures du jour, une jeune fille vêtue de deuil arrive, chargée de roses et de lilas, auprès de deux tombes. C'est Clotilde. Clotilde si belle, créée, semble-t-il, pour le bonheur, et qui, sous le poids de sa sombre destinée, est devenue l'ange des tombeaux.

Elle se prosterne et prie en arrangeant les fleurs en guirlandes sur les deux tombes aimées. Elle ferme parfois les yeux pour chercher à ressaisir la vie de tendresse, d'amour et de bonheur qui fut bien des années son partage. Et puis elle rouvre les yeux, et frissonne en ressaisissant la réalité, et murmure en se courbant sur le marbre qui porte le nom de Sylvain :

— Dans peu de jours, peut-être, son ami reposera aussi en ce lieu. Ce matin, on m'a dit que sa nuit avait été très-mauvaise. Cher frère ! lui aussi nous quitter ! Lui, reflet de Sylvain !

Elle revint à la villa d'un pas rapide et alla de nouveau s'informer du jeune malade, qui avait demandé à son oncle de louer une maison très près de la villa, afin de pouvoir jouir de la société de ses amies pendant le peu de jours qui lui restaient à vivre.

Sa tante, la baronne de C..., était accourue de Paris et l'entourait de soins au milieu de sa désolation.

Chaque jour, il se rendait à la villa et rentrait chez lui, appuyé sur le bras de son oncle ou sur celui de la baronne. Ce jour-là, il vint plus tard, il était beaucoup plus faible encore.

Il entra au salon, et, posant ses mains amaigries sur l'harmonium, il fit entendre quelques accords suaves et touchants; puis il retomba épuisé par cet effort sur un sopha, et, regardant son oncle consterné, la baronne toute tremblante, et ses trois pauvres amis, il leur dit :

— Oh ! tous soyez bénis ! vous que j'aime et qui m'aimez. Que Dieu illumine votre cœur de son tendre amour ! Il m'appelle, je le sens ! Le docteur avait dit que mars m'emporterait. Nul ne sait ni le jour, ni l'heure. Dieu m'a permis de voir renaître les feuilles et les fleurs et de saluer la fête de la résurrection..... avec vous et en union avec tous ses bien-aimés et nos bien-aimés disparus.

. . . .

Ici s'arrête le manuscrit.

Avant qu'il fût terminé, celle qui l'écrivit est allée rejoindre auprès de Dieu, ses bien-aimés disparus.

TARBES, IMPRIMERIE LESCAMELA.

www.ingramcontent.com/pod-product-compliance
Lightning Source LLC
LaVergne TN
LVHW012013220826
846092LV00001B/329

9782329769905